Seba・蝴蝶

Seba・蝴蝶

蝴蝶館 8

上邪

〈典藏版〉

Seba 蝴蝶 ◎ 著

目錄

有隻帥哥在我家

楔子　幻想之妖獸?!

她，三十六歲，獨居的言情小說家，算是非常小牌，掙扎求生的那種。

患有嚴重的憂鬱症，正如你所見，她剛好三十六小時沒有真正的睡眠了——總是在吵死人的夢境裡昏昏沉沉。她麻煩的體質讓她吃藥就長疹子，所以她剛起床，滿臉睡意卻沒辦法繼續入睡。

這種睡眠嚴重不足的情形下，有幻覺是正常的。

所以，她昏昏沉沉的去收晾了快一個禮拜的衣服，在後陽台發現那隻妖怪時，並不是很驚訝。

乍看很像是隻三倍大的獅子，蹲伏著都比她高，但是他惡狠狠的望過來時，有張貓科卻像人一樣的臉。

我，終於要瘋了嗎？

她端詳著自己幻覺凝聚出來的妖怪，幾乎是欣賞的。老天，我的幻想力果然超人

「等……你看這個妖怪多麼的威風凜凜，又多麼讓人心生畏懼啊！

連身上的傷痕和血都這樣的逼真，血的氣味這樣濃重真實……我果然是個想像力非常豐富的作家……好吧，寫字的人。

連發瘋都能夠凝聚出這樣真實的妖怪，連精神異常都不失她文字工作者的本色……她是有點感動的。

「女人，妳在看什麼?!」聲音低沉而震懾，鼻子上有獰惡的怒紋，「再看我吃了妳！」

還會說話呢……聲音這麼好聽。她深深的感動起來。

「真是太好了……」她揮揮手，把衣服收下來，「太好了。妖怪先生，我真是太感動了……不過我覺得好累，等我醒來再去看醫生好了……」

這次應該要住院了。不知道精神分裂能不能申請勞健保。

明明這麼累，躺在床上卻眼睛越來越大，越來越清醒。一直疲勞到要死的清醒。

唉。

百無聊賴的數了七百多隻羊，她覺得可憐的羊應該不愛加班。

陽台的妖怪不知道怎麼樣了？看他滿身是血……就算是自己的幻想，也不該讓他流血致死吧？雖然替幻覺療傷有點奇怪……

不過自己已經瘋了，不是嗎？瘋子根本就不用計較什麼奇不奇怪……

走到後陽台，居然他還在。

「……」無言的刺刺他的臉頰，毛茸茸的。

「女人！妳想激怒我嗎？」妖怪怒吼了起來，「看我吃了妳～哇——妳幹什麼!?」

他摀住被她用手指刺了一下的傷口，滿頭大汗的打滾。

「吃呀，我的名字不叫『女人』。我有名有姓的，我叫翡翠。吃了也好，我就不用交稿了……別讓我太痛苦嘿……」她自言自語的擰住妖怪的耳朵，「反正我發瘋了，發瘋到幻覺這樣的細緻……居然跟幻想出來的妖怪交談！我是不是太久沒說話了？果然獨居會導致心理變態……」

「放開我的耳朵！天啊，很痛！妳這個不知死活的女人～」可憐的妖怪被她一路拖到房間，偏偏耳朵是他的罩門，重傷的他沒有力氣反抗。

「妳想幹什麼?!」揉著疼痛的耳朵，他繼續暴跳。「妳不知道我是人人看到畏懼發抖的大妖魔嗎?妳居然這樣對待我……等我傷好了第一個就吃掉妳!聽到沒有?!」

翡翠只管翻箱倒櫃,「……我到底塞到哪裡去了……哎唷,我該整理房間了……啊,找到了。」

她高興的捧出醫藥箱,遲疑的看看他滿身的傷,「……優碘不夠用。不過雙氧水應該夠吧?」

「好痛!」妖怪慘叫起來,雙氧水在他的傷口起了濃濃的泡泡,想逃走卻被揪住耳朵,「妳這是什麼?聖水嗎?我不怕妳!妳給我記住,等我傷好了一定報仇~」

「笨蛋,連雙氧水都不知道。」翡翠不為所動的在他身上狂撒雙氧水,「果然是我幻想出來的怪物,真是有夠笨的……」

好不容易掙脫了她的掌握,原本威風凜凜的妖魔被纏了一身亂七八糟的繃帶,看起來非常淒慘。傷口被她處理的痛得要命,一舔又滿是噁心的化學苦味……

他蹲伏著,露出獰惡的恐怖凶相,喉嚨不懷好意的低吼,望著正在抽菸的翡翠,「……女人,妳真的激怒我了……」

他張大嘴,滿口小鋼鋸似的利齒,發著銀白的唾沫,撲到翡翠的面前……

翡翠把她手裡的菸按熄在他張大嘴的舌頭上。

「……嗚……」他摀著自己的嘴在地上打滾，翡翠撫了撫頭髮，又點了一根菸，「就跟你說我的名字不叫女人了。」

妖魔氣憤的喝了一花瓶的水，舌頭還是腫的。

「……妳不怕我……？這個世界是怎麼了？我才被關了一千多年，現在的人是怎樣啊啊啊～」妖魔氣得亂拔自己長長的銀白頭髮。

「我幹嘛怕自己幻想出來的怪物？」翡翠愁眉苦臉的望著空白的word，「怕你？我還不如怕編輯的奪命連環叩。我發瘋了啊！我已經發瘋了，可不可以不要交稿啊？嗚嗚嗚……讓我睡覺啦……我睡不好也寫不出來……怎麼辦啊～」

「我、不、是、妳、幻、想、出、來、的、怪、物！」妖魔氣得發抖，「聽到我的名字妳可不要怕得發抖，因為發抖是沒用的！聽過我名字的，都成了我的食物了！」

「哦？」翡翠擦擦眼淚，不起勁的問，「你希望我問你是吧？好吧，請問你的大名？」

「上邪。」他非常神氣的挺挺胸膛。

……

一人一妖相對沉默了很久。

翡翠有氣無力的問，「你是說，『上邪！我欲與君相知，長命無絕衰。山無陵，江水為竭，冬雷震震，夏雨雪，天地合，乃敢與君絕！』的那個上邪嗎？」

「沒錯！那是巫女呼喚我的召喚咒語……咦？妳也是巫女嗎？妳怎麼知道的？」妖魔大驚失色。

翡翠無力的垂下雙肩，「我就知道，我的創作力乾涸了……嗚嗚嗚，我完蛋了！連幻想的怪物都這麼蠢，我該怎麼辦啊……」

「告訴妳一千次了！我不是幻覺啊！」妖魔用最大的力氣喊出來，天花板的灰塵簌簌掉落，扯痛了傷口。

翡翠只是無力的回望他一眼，又自怨自艾的嗚嗚哭起來。「我的創作力……天啊……為什麼……我還有一堆帳單沒繳……我需要稿費啊……現在是發瘋的時候嗎？能不能過幾年再發瘋啊？嗚嗚嗚嗚嗚……」

……我被關太久了嗎？為什麼區區一個人類我還不能說服她啊？但是這種重傷狀

態，什麼妖力都使不出來，我該怎麼讓她相信我是無所不知的大妖魔？

「我可以證明我不是幻覺。」他眯細眼睛，「因為我可以看透妳的心。妳需要的不是睡眠。」

「……」翡翠瞪著他，「你廢話，我當然只是需要睡眠啊！只要讓我睡飽不要這麼疲憊，我就可以……」

「妳需要的只是一個擁抱。」他蹲伏著，舔舔傷口，發現刺痛過去以後，沉重的傷勢居然驚人的好轉，「妳，只是需要一個擁抱。真是人類無聊的需求……」

翡翠獃住，嘴硬的強辯，「……你胡說。我都三十六歲了，是老人了欸！我怎麼會需要那種東西……我只是要睡覺，我……」

「我三千六百歲了。」上邪輕蔑的看著她，「小鬼。人類都是不成熟的東西，就算活到一百歲也需要這種無聊的溫情。在我眼中看起來，」他獰笑著伸出宛如白銀打造的爪子，「妳只是個哭著想要人家抱抱的小鬼……」

他突然無法說下去，因為翡翠突然流出真正的眼淚。

這種眼淚的味道……很香，很好吃。原本劇痛的傷口居然緩和下來。

把她吃了有點可惜……待在她身邊，似乎傷口會好得很快。到那時再吃掉她吧。

「過來。」他魅惑的勾勾爪子，「我給妳渴望的東西。」

她沒有動，讓上邪覺得有點挫敗。現在的人類怎麼這麼難搞，以前只要他勾勾指頭，那些脆弱的人類就會像中邪一樣送到他嘴裡啊……他可是可以魅惑人心的大妖魔呢……

不甘不願的上前，粗魯的將她攬進懷裡，「這樣夠不夠？」

「……再緊一點。」她喃喃的像是夢囈。

上邪不耐煩的抱緊一些，「這樣呢？」翡翠的骨骼發出喀喀的聲音。

「……再緊一點，再緊一點。」她呼吸不順的說。

「再緊一點妳就沒命了啦！笨女人！」上邪在她耳邊大聲吼著。

被緊緊的擁抱……感覺多麼好。就算這樣死了……但是、但是……居然要自己發瘋了，幻想的怪物才肯給自己擁抱……她淚如泉湧。

這是多麼可悲的事情。

「……死了，就不用交稿，也不用管有沒有錢了……」翡翠放聲大哭了起來，緊緊依在妖怪的懷裡，銀白的毛皮這樣滑順，像是月光織就的一般。這樣的擁抱，多麼好。

再也不用想有沒有人愛自己……不用想青春是怎樣的流逝……也不用想自己就要成為休止符，再也沒有生命的焰火。

發瘋……也不錯，也不錯。

「……妳，很好吃。」吸嗅著濃重而複雜的情感，上邪有點醉。

「笨蛋！幻想出來的妖怪不要說這種充滿性暗示的話啦！嗚嗚嗚……」她筋疲力盡的哭了又哭，依在妖怪的懷裡，終於得到多日折磨渴求而不可得的熟睡。

糟糕，吃了太多人類的情緒……上邪打了個酒嗝，居然覺得睡意濃重。

等我傷勢一恢復……一定……一定吃了妳。他沉重的眼簾闔上，最後模模糊糊的發誓。

這是第一次，翡翠遇到上邪的，奇異夜晚。

第一章　有隻妖怪在我家

她幾乎是感激涕零的醒來，多久沒有這樣徹底空白的睡眠了。真正的睡，沒有夢，也沒有亂七八糟的干擾。

醒來像是全新的一樣，像是每天該面對的苦難也算不了什麼。

眷戀的將臉在柔軟的毛皮上面蹭兩下……毛皮？

銀白閃亮的長髮拂在她的臉上，小心翼翼的抬頭，她幻想出來的妖怪也在沉眠，貓科的臉孔看起來很安詳。

我瘋得很徹底。認命的下了斷語，她有些踉蹌的爬起來，蹣跚的走進浴室淋浴。

「……那是什麼法術，屋子裡面會下雨？」上邪瞌睡兮兮的頭好奇的穿門而過，望著正在淋浴的翡翠。

水瓢精確無比的打中他的頭，「那是蓮蓬頭！笨蛋！不要偷看我洗澡！色狼！不要臉！」翡翠狼狽的把浴帘一拉。

「嘖，光溜溜的有什麼好看？沒毛的猴子。」上邪揉著腫起來的腦袋，清醒過來不禁大怒，「妳這沒毛的母猴子居然打腫了我尊貴的頭！」

這次是香皂和漱口杯一起飛過來，幸好他頭縮得快，不然又是兩個包。

這女人！真是太不尊重了！

「妳不知道我曾經被戒慎恐懼的祭拜過，稱我為『神』嗎？妳居然對我這樣不尊重！等我傷好了，第一個就吃掉妳！就當我重獲自由的第一個祭品好了，我告訴妳，以前的人類可是獻處女的，我吃了妳是一種榮耀和委屈，懂不懂啊妳～」

上邪在門外暴跳，洗好澡的翡翠換好衣服，扁著眼睛看他。

「處女比較好吃嗎？」跟自己幻視幻聽的怪物討論這個，自己真的瘋了。

「其實人肉的味道都差不多。」上邪仔細考慮過後承認，「我也不知道，他們老是送一些毛都還沒長齊的嫩小孩來，沒什麼骨頭好啃……」

翡翠放棄的望著天花板，「……繆思女神，妳對我太殘忍了。為什麼讓我的創作力衰退到這種地步……」

「我在跟妳說什麼，妳在說什麼啊?!」上邪又繼續暴跳。

翡翠不理他，開始收拾包包，順便到處找健保卡。

「我出門你會不會跟著出門？」她平靜的詢問妖怪。

「現在能出門嗎？」上邪沒好氣的說，「我傷得這麼重，只剩下穿門的能力，而且只能穿透木門！妳家後陽台的窗戶能開，我才勉強進得來的，妳以為……」

「不會？那好……」她一把揪住上邪的耳朵，「走吧。」

「住手！跟妳說了一千次，不要抓我耳朵！妳想帶我去哪？我不要出去～」上邪又吼又叫的，卻毫無招架能力的被她拖到電梯。

「我要去看醫生。」翡翠按下電梯，「但是我又看不到其他的幻視。總要誠實的告訴醫生我看到啥了吧？我想這次非住院不可了，希望有病床可以讓我住一陣子……不知道能不能帶筆記型電腦，就算發瘋也得交稿啊……」她悲從中來，「為什麼我還要交稿？我發瘋了呀……」

「妳沒有發瘋！我不要出去……」上邪想掙脫她的掌握，該死啊！他應該早早就把耳朵割掉，省得有把柄落到人類的手底……

四樓電梯叮的一聲，有人也要下樓。但是電梯門一開，那個人卻面無人色的退到牆壁貼緊。

「要下樓嗎？」翡翠友善的問。

那個人把頭搖得跟波浪鼓一樣，慘白的臉像是看到鬼。

電梯門一關上，翡翠就哭了。「我果然看起來很不正常……你看他多麼害怕……」

上邪已經放棄掙扎了，無力的看她一眼，「……妳看起來跟路邊的歐巴桑一模一樣。」

那個人害怕的是我呀！笨女人！

翡翠一無所覺的哭著，登登登的把上邪拖到機車旁邊。

「坐好……我沒有你可以用的安全帽……嗚，我居然為幻想出來的妖怪擔心安全，我真的瘋了……」她哭著發動機車。

上邪自棄的望望路上倉皇逃跑的行人，認命的坐在後座，不想說話了。

這個時代的機器馬比過去的活馬跑得平穩，體驗一下千年後的兜風也不錯。

他幾乎要讚賞自己的達觀了，果然三千六百歲的妖魔有超乎時代的適應力。

不過路上倒是引起了大小幾樁車禍。

「真奇怪……今天車禍真多。」翡翠自言自語。

「因為我傷太重，沒辦法對人類下暗示，所以他們都看得到我。」上邪懶洋洋的說。

「神經病。」翡翠罵了一聲，「你當大家都跟我一樣發瘋了嗎？」

上邪懶得糾正她頑固的腦袋了，任由她把自己拖到精神科。

「小姐。」她擦擦眼淚，醫院剛開沒多久，她是第一個掛號的，「精神分裂可以申請重大傷病卡嗎？」

「醫生鑑定開證明就可以。」掛號的小姐連頭都不抬，「二診。」

「謝謝。」翡翠沉重的拖著上邪到候診室，沒看到掛號小姐瞪大眼睛看著上邪，飛也似的逃出去。

上邪也沉重的嘆口氣。

走進二診，翡翠眼淚汪汪的坐下來，醫生顧著寫病歷表，「感覺怎麼樣？」

「醫生，我精神分裂了，看到非常逼真的幻視，而且有逼真的幻聽。我看到一頭會說話的銀白色獅子……」

「哦……」醫生漫不經心的抬頭，瞪著還讓翡翠揪著耳朵的上邪。

「看什麼看！卑賤的人類。」上邪鼻子上猙出凶惡的紋路。

「有……有妖怪啊啊啊啊～」醫生跳了起來，尖叫著跑出去，病歷表飛散了一地。

翡翠呆了呆，小心的望著讓自己揪著耳朵的上邪。

「妖怪？他說你嗎？」

上邪認命的點點頭。「妳趕緊放開我的耳朵吧。等等就會有獵人來追殺我……我可不甘心就這樣被殺或被封起來。不想被波及就閃遠一點吧……喂！妳不要更死命的抓住我耳朵！」

翡翠卻沒命的揪著他跑出去，將他扔上後座，把機車騎得像是飛機低飛。

等到了大樓門口，隨便的把機車一停，又揪著他狂奔進電梯，一路把他拖回去。

「……妳又把我拖回來幹嘛？」上邪不可思議的望著她，「妳該不會真的有問題吧？我、是、妖、怪！妳不怕我吃了妳?!」

坦白說，她也不知道。只是……怎麼能眼睜睜的看著這個讓她一夜好眠的妖魔被殺死呢？她花了那麼多雙氧水救的。

「……我沒有棄養流浪動物的習慣。」好半天，她才擠出這個答案。

「……誰是流浪動物?!」上邪揉著疼痛的耳朵大吼，聲音大到玻璃窗為之顫動，

「妳這傲慢的女人，看我吃了妳～」

翡翠往他胸口最大的傷痕用力按下去，他痛得整個縮成一團。

「激動會惡化傷口喔。」翡翠警告的對他搖手指，「我幫你換藥吧。」

人類的藥對我沒效啦，笨女人。不過他也沒有抵抗，任翡翠幫他換藥。

重要的是，換藥的人期望他好起來的心意，這才能讓他好得快一點。

這個呆頭呆腦的笨女人倒是真心希望他好起來的。

為了這點，將來吃她的時候，一定讓她毫無痛苦。這是當妖怪的對人類最好的報償了。

就這樣決定了。

*　　*　　*

上邪在她家住了下來。不過伙食問題讓她傷透腦筋。

「你吃什麼？」她翻了一遍所剩無幾的冰箱，覺得直接問比較快。

「人肉。」無聊到清理毛皮的上邪很理所當然的回答。

「肉是吧，貓科動物本來就是肉食性動物……」她回去翻冷凍庫。

「人肉！我的肚子除了人肉什麼也不吃……」上邪衝進廚房，發現那女人從鐵箱子裡掏出一個冷到冒煙的「石頭」。

「……妳給我吃石頭?!妳居然給尊貴的我吃石頭～～」

翡翠輕蔑的看他一眼，把凍肉丟進微波爐解凍，抱著胳臂思考了一會兒，「妖怪不能吃鹽巴對吧？」

「請妳不要以訛傳訛好嗎？」上邪對她扁眼，「如果有鮮血可以搭配，沒有鹽巴就算了……」

「我只有豬血糕……唔，壞了。」她放棄的把豬血糕丟進垃圾桶。這塊肉凍了兩個禮拜了……理論上應該還可以吃吧？

連自己吃的飯都懶得煮了，還得煮妖怪的伙食……她實在不耐煩，把肉胡亂用鹽醃了一下，丟了一堆蔥蒜，扔進電鍋裡蒸了起來。

等她把廚房堆積如山的碗盤清理一遍，煮好泡麵，電鍋的按鍵也跳起來了，她倒進大盤子裡，端到上邪的面前，「喏。」

面對著電腦，她開始吃泡麵。

上邪對著盤子氣得發抖，「這塊肉起碼死十天了！」

「正確的說，應該是十五天。」翡翠敷衍著，一面吃泡麵一面修改稿子，「快吃吧，有得吃就不錯了。你沒看到我還吃泡麵？我對你可以說很好很好了……」

……這女人！不吃了她怎麼對得起自己高貴的自尊！他忿忿的開始吃起那塊難吃的肉，「……妳真的是女人嗎？我也吃過熟食，哪有女人煮得這麼難吃的？這只配餵豬……」

「我十指不沾陽春水。」翡翠仍然對著電腦發呆，「你若不滿意可以自己煮。」

他氣到發呆，居然不知道該罵啥。不管了，現在就吃掉她，士可殺不可辱啊～

撲了上去，翡翠卻把筷子上的麵塞進他嘴裡，「你想吃泡麵？早說嘛……」

……

辣辣辣！他衝進浴室，張大嘴狂灌自來水。他的嘴像是被千百隻小蟲咬過一樣。

喝了一肚子的水，嘴巴還是腫的。

「你不敢吃辣？」翡翠很沒禮貌的大笑了起來，「這麼神氣的大妖怪不敢吃辣，哈～」

恨恨的看著這個可惡的女人，她居然捧著那碗辣椒紅湯灌了起來……

他突然覺得，這塊死很久的豬肉好吃多了。

＊　＊　＊

「妳在幹嘛？」養傷的時候百無聊賴，看著她老對著一個大盒子發呆，還不斷的敲打一個有很多小格子的怪東西，上邪好奇的湊過鼻子來看。

「寫作。」她漫不經心的回答，正在想要怎樣讓男女主角產生誤會。

敲打小格子就會有字寫在盒子上，人類也真會想。

「這盒子是什麼，裡面有人嗎？還是妳抓了低等妖魔在工作？」他在螢幕上摸來摸去。

翡翠不耐煩的推開他，「別吵。這是電腦。」

「電腦是什麼？」被關了一千年，他似乎錯過了許多有趣的事情。

「電腦就是……可以幫你工作……可以看VCD……可以聊天……可以玩遊戲的東西……」

情敵？這樣的橋段會不會太老套？還是不孕症？但是她起碼有一打的女主角不會生小孩了。這次要用什麼誤會啊……

「VCD是什麼？怎麼聊天？是咒文還是巫法？妳果然是女巫嗎？有怎樣的遊戲？下棋？」

煩不過的翡翠抽出架上她沒空看的《電子計算機概論》丟到他腦袋上當作回答。

「妳這女人……」上邪正要發怒，翡翠一面推開他一面打字，「你懂中國字吧？冰雪聰明的大妖魔總不至於不識字？或者說，沒人教你你就無法自修？」

這深深的刺激到他，「妳說那什麼鬼話?!我可是智慧聰明超過神明的大妖魔，區區電腦我會搞不清楚?!」

上邪忿忿的拿起《電子計算機概論》一字一句的讀了起來。

等翡翠終於解決了「誤會」這個煩死人的橋段，抬起頭來，屋子裡面已經昏暗了，而上邪卻看著《電子計算機概論》發笑。

「就是明和無明的區別嘛……人類又蠢又笨，倒也滿會想的。」

翡翠盯著他發呆。真是奇怪的景觀……一隻非科學的妖怪坐在她的床上，正在看科學的《電子計算機概論》。

「……你知道什麼是『電』嗎？」蹲在他旁邊，她幾乎是驚歎的望著絕對沒人看過的奇觀。

「我不像人類那麼蠢。」換他沒好氣的推開翡翠，「別吵我。」

「我去吃飯？帶回來給你吃？」翡翠問了三遍，上邪卻沉醉在那本書裡頭沒有回答。

吃過了晚飯，懶得去超市的她買了五份香雞排回去。

開了燈以後，發現上邪正在沉思。「欸，妳的電腦是486的嗎？」

糟糕。她看了看那本《電子計算機概論》，是七年前出版的，她抽錯本了。

「不是……你想看接下來的演進嗎？」她謹慎的問。

「還有書嗎？」他開始去翻翡翠的書架，所有關於電腦的書都被他翻出來，不管年分新舊，他邊啃香雞排邊看著那堆書津津有味。

只要他別吵我就行了。翡翠很高興他對食物沒有抱怨，又一頭栽進寫也寫不完的情愛世界。

不過天亮以後，她看到自己的桌上型電腦被拆解成一堆廢鐵，差點昏厥。

「我的電腦！」她尖叫起來，「你搞什麼?!雖然很爛也很破，但是我玩線上遊戲都靠這台呀！你……」

她氣得差點哭出來，天啊，她就知道不該給他看什麼《自組電腦ＤＩＹ》之類的五四三……

「別吵。」他像是在趕蒼蠅一樣，「我正在看電腦裡頭有什麼零件……」銀白色的爪子精準的化成十字起子的模樣，非常專注的繼續拆解電腦。

如果他能夠不吵自己就好了……她默默的哀悼自己可憐的電腦，轉頭又在筆記型電腦上面捨生忘死的趕稿。

一晝夜，那台電腦又完好如初的復原了，這個非科學的妖怪，居然跟她抱怨灌了太多廢物在電腦裡面，一面刪除檔案還一面最佳化，她有種錯亂的感覺。

「上邪……你是妖怪。」

「廢話。」他頭也沒抬，一面翻書，銀髮一面移動著滑鼠，「嘖，這本書寫錯了，步驟不是這樣的。哪個出版社的？這種東西也敢賣錢……」

「……你知道什麼是出版社嗎？」

「用搜尋引擎找就知道啦！Google不錯用，什麼答案幾乎都找得出來……」

……連搜尋引擎都會用了。

她回到筆電前面發愣。有隻妖怪在我家，而且，他會用Google。

翡翠突然覺得頭有點兒痛。

*　　*　　*

好不容易把稿趕完，她鬆了很大一口氣。

終於可以放鬆一下啦！她把上邪從桌上型電腦前面粗暴的推開，準備要去玩玩線上遊戲。

「這是我的電腦欸。」上邪瞪了她一眼。

「我買的。食客有說話的權力嗎？」翡翠凶了起來，「去去去，我筆記型電腦借你玩，但是什麼檔案都別碰喔！不然你小心我在你食物裡摻東西。」

「怕妳?!」上邪跳了起來，「我百毒不侵……」

「我有朝天椒粉。」

上邪閉了嘴，心不甘情不願到筆記型電腦前面蹲著。看她著迷的在螢幕前面，還有小小的人跑來跑去，他忍不住湊過去看。

「這是什麼？」

「網路遊戲。」翡翠正在忙著打怪，「過去點，你擠得我沒位置了。」

桌上型電腦是放在和室桌上的，上邪的體積又大，湊過來實在太擠了一點。

一人一妖擠得快反目成仇，上邪索性把翡翠抱到懷裡，一起專注的看著螢幕。

「可以殺人喔。」殺怪他興趣不高，看到人和人對打倒是精神為之一振。

「當和室椅的安靜啦。」翡翠不耐煩的回答，「死小白，居然敢偷打我……」她的法師已經練得有點等級了，很不客氣的將小白劈死。

「……我也要玩。」他搶了翡翠的滑鼠，正在遲疑該按哪個快速鍵好打死人，已經被翡翠搶回來了。

「你想拿我的人物幹嘛？」翡翠懷疑的看著他。不會吧？妖怪也想玩線上遊戲？

「我讓妳的筆記型電腦一定跑得動。」他懇求，「我也要玩，養傷很無聊，妳又不掉眼淚了，我傷好得很慢……」

「我的筆記型電腦跑不動。」

被他連哄帶騙，翡翠狐疑的回自己的筆電打網路遊戲，還幫他開了個新帳號。原本怕他到處殺人當小白，卻發現他悟性極高，沒多久就認真打怪，感動之餘，還不斷的供應他裝備。

然後這個著迷的妖怪就日夜不辭辛勞的衝等，吃什麼都沒有抱怨了。

反正妖怪不用睡覺。她聳聳肩。而且他著迷線上遊戲也好，省得他出去搗蛋，或者是纏著自己不得安生。他這個大坐墊又好用，每次睡不著，她就拿本書靠在上邪的身邊看著，沒多久就會趴在他懷裡熟睡，比安眠藥還好用。

線上遊戲可以鎮壓一隻凶惡的大妖怪，實在是始料非及的功能。

沒多久，趴不怕的上邪等級就遠遠的超過她，甚至上了所謂的高手排行榜。

不過，很快的她就後悔了。

趴在他的懷裡睡了好一會兒，連連的慘叫聲讓翡翠迷迷糊糊的醒過來。

為什麼新手村被放了滿滿的火牆，而且滿地都是死人？她還沒清醒，甩了甩頭，上邪微笑著操作他的法師，跑到另一個新手村，開始殺人放火。

他在屠村。

原來是屠村啊……屠村?!

上邪連殺了兩個新手村的人物，然後非常興奮的跑向大城市，看起來是準備殺光整城的人……

「你在幹什麼?!」翡翠尖叫起來，「你在衝三小？你怪不打殺人做啥？」趕緊跟他搶起滑鼠。

「妳很煩欸！」上邪跟她搶滑鼠，「我努力練等就是為了這天！不能出去吃人實在太悶了，讓我虛擬的殺幾個人有什麼關係？妳不要管我……我要殺光所有線上的人，讓這個世界變成一片腥風血雨！啊～妳又拉我耳朵！」

翡翠氣憤的揪著他的耳朵，「混蛋！你這個白目妖怪！遊戲雖然是遊戲，螢幕後面都是活生生的人啊！誰喜歡被殺啊？你這個豬頭……」

「不是活生生的人我殺他幹嘛?!」他努力想把自己的耳朵救回來，「別拉我耳朵！我吃了妳！」

翡翠狠狠地往他胸前的傷口賞了一記漂亮的後肘攻擊，趁他痛得躬下身時，匆匆的替他人物下線，在他來不及抗議的時候，刪除了那個紅通通、滿身罪惡的法師。

「……我半個月的辛苦！我努力練得要死的法師！賠來！我還沒殺光所有的人類啊啊啊～」上邪抓著電腦大叫。

「你可以繼續吵。」翡翠氣得要死，「你的月卡是我買的。妖怪跟人家玩什麼線上遊戲?!如果要玩，就乖乖照人類的規矩玩！你再給我殺人看看，我一定再把你的人物刪光光！」

「我吃了妳！」上邪的傷勢恢復了大半，迅雷不及掩耳的掐住她脖子。

翡翠冷笑著，吞了一把藥丸。

上邪遲疑了一下，「……妳剛吃了什麼？」為什麼那些藥丸有種不祥的氣味？

「減肥用的唐辛子。」翡翠對著他的鼻子哈氣。

辣辣辣辣辣椒！恐懼的將她一丟，「不要過來！不要過來！」

「要來一顆嗎？」她笑吟吟的。

「不！別過來！」好恐怖的味道啊！

「那還要不要當小白？嗯？」換翡翠獰笑的靠過來。

「不！我不會再當小白了！我不會再亂殺人了！」該死，這房間這麼小，叫他躲哪兒？

「大妖魔要跟卑賤的人類一樣說謊嗎？」翡翠按捺住好笑的感覺，一本正經的問他。

「我堂堂大妖，怎可能跟人類一樣說謊?!」

話一說出口，他就後悔了。啊啊啊啊啊～他居然讓個母猴子這樣耍～

「很好。」翡翠拍拍他的頭，「乖，重練一隻吧。你重練就給我練會幫人補血的道士，乖乖的學會助人為快樂之本吧。」她爬上床，「你練別的我馬上砍，你不要忘記了，妖怪沒有身分證，你的帳號是我去申請的。」

欺負完了上邪，她心滿意足的睡著了。

……我一定要吃了她！啊啊啊～但是我怕辣……這要怎麼辦才好啊～

上邪氣得發呆了一整夜，苦苦想不出吃她的對策。

第二章 上邪，你只是一隻妖怪……

翡翠覺得自己的忍耐力已經夠驚人了，但是這隻死妖怪正在挑戰她的極限。

「好無聊喔……好無聊好無聊好無聊～～」上邪靈活的在小小的套房裡滾來滾去，發現翡翠不理他，很有節奏的踹起她的椅子。

「去玩你的線上遊戲啦！」翡翠發起脾氣，「你不是很愛練等嗎？去去去，別煩我！」她已經卡稿卡到要跳樓了，這隻可惡的妖怪食客居然還在喊無聊。

「又不能殺人，練等有什麼意義？我上次放毒妳還生氣……又毒不死他！連放毒都不行……我不要練了啦！我掛在排行榜好久了勒！好無聊好無聊好無聊～～養傷哪裡都不能去，又沒有人可以吃，妳又不陪我講話～」

「我沒空！」翡翠吼完了覺得很疲倦，嘆口氣看著這隻滾來滾去的大貓妖怪。

所以她才不養寵物的。

讓他煩了兩天，終於受不了了，她外出吃飯的時候，順便買了東西回來。

「好無聊～～」上邪一面啃著香雞排一面抱怨。

「那，你看這樣如何？」翡翠拿出嘴籠和狗鍊，甚至還有一個彩色飛盤。「我帶你去東海的草地跑跑？」

牽著套著嘴籠的上邪，來到廣闊的草地。

幫他解開嘴籠，一人一妖心曠神怡的看著藍天白雲。

「上邪～飛盤唷～」她把飛盤拋得又高又遠，「快去撿回來～」

然後上邪在草地奔跑著，神氣的一躍，叼住了飛盤，卻不把飛盤還她，越跑越遠。

「你這個頑皮的小東西，快回來啊～」在廣闊的草地追逐著……「抓到你了！哈哈哈，別舔我，好癢啊～」

「……」上邪撲向狗鍊和飛盤，飛盤被他一捏就碎，堅固的狗鍊讓他扯得一段一段的亂七八糟。

看起來他不喜歡這個主意。

托著腮，她想了好一會兒，「那，這樣呢？可以名利雙收唷。」

上邪嚴肅的在電腦前面努力的打著字，一人一妖沉默嚴肅的工作著。

電話鈴響了，翡翠接完電話以後，跟上邪說：「欸，編輯誇獎你上一本寫得很好呢，她問你這一本的進度什麼時候可以完成？」

「就快好了。現在我遭遇到一點小問題……」

一人一妖嚴肅的討論言情小說的公式活用，解決了矛盾以後，又繼續埋頭打電腦。

「對了，上邪，編輯想幫你辦個簽名會，還有記者會和上節目。」

「幫我拒絕他們。」上邪皺緊眉想情節，「創作是我的生命，我只要還會呼吸就會繼續創作。虛名於我如浮煙……我要死在電腦之前，這是當作家的使命和執著！什麼記者會的……那些庸俗的人類怎麼會了解我偉大的痛苦？幫我推掉他們！」

滿懷感佩的望著上邪，「啊，你真是最偉大的言情小說家！跨越了人與非人的界限！身為你的同伴，我真是太光榮了……稿費呢？我幫你開戶存起來？」

「不，妳拿去用吧。」上邪很慷慨的回答，「我需要妳打理我的生活。我並非不知感恩圖報的妖魔。」

翡翠的眼角閃著欣慰的淚光……

「……」上邪氣得全身無力，一拳打凹了鐵製辦公桌，「妳只是想找個免費的印書機吧?!我看起來有這麼笨嗎？」

「……但是等你開始寫小說，就只會覺得痛苦，一點都不無聊了……」

「免、談!!」他聲音大到吊燈會晃。

唉……她覺得這是很好的主意說……

眼角瞥到堆在角落長灰塵的VCD，她重新燃起一點點希望。翻了半天，發現她只剩下卡通可以看。

是了，前陣子妹妹來訪，除了卡通以外的VCD全讓她打劫回去了。

「那……你要不要看VCD？」她不太抱希望的問。

「什麼是VCD？」上邪扁著眼睛問，懷疑的看著她把VCD放進光碟裡。

「……一種會動的畫。」她不知道怎麼解釋，「反正你看就對了。」

放《中華小廚師》給妖怪看……希望他不要因為太幼稚而氣得拆房子。

這疊卡通居然讓他安靜了一天一夜，倒是沒想到。看他看到入迷……他真的三千六百歲嗎？為什麼看起來像六歲……

看完了那疊卡通，他又恢復上網的熱情，很努力的查了一大堆資料，足足三天沒有吵她。

世界多美好啊，卡稿解決了，妖怪不吵她，玩線上遊戲沒遇到小白，她對於這樣的生活已經很滿意了……

可惜，花無百日紅，她開心的生活沒幾天，在連連遇到三隻小白以後，上邪也開始找她麻煩。

「我要看電視。」上邪回頭跟她講，「這季有最新的《中華小廚師》。」

「……我只有電腦，沒有電視。」翡翠揮揮手。

「只要加裝電視卡，電腦也可以變成電視。」他很頑固，「而且你們大樓不是有附設第四台嗎？」

翡翠張大嘴，「……你怎麼知道？」

「我怎麼會不知道？」上邪不耐煩的揮揮手，「你們社區也有網站。怎麼？妳不知道？妳住在這裡住假的啊？」

……她不問世事，怎麼會知道？

「我要電視卡我要電視卡我要電視卡～～」上邪又開始恐怖的煩人攻擊了。她突然覺得，讓上邪吃了自己比較乾脆。

「好啦好啦，別吵啦！」她被吵煩了，「知道了！我去買行了吧？」心不甘情不願的穿上外出的衣服，騎車跑了很遠才買到。

「拿去。」她無精打采的坐下來，繼續準備下一本的大綱。

「……不是這個！妳怎麼買3D加速卡？我要這個幹嘛?!」上邪氣得直跳，「妳很笨欸，電視卡和3D加速卡都不會分，天啊，妳……」

「都英文，我怎麼看得懂？是老闆娘拿給我的啊！」翡翠愣了一下，「對吼，上邪，你懂英文啊？」

「妳以為我活了三千六百歲都在中國鬼混？我有那麼不長進嗎？」上邪看著這片加速卡發怒，「用這鬼玩意兒我怎麼看電視？妳連這點事情都辦不好……若是服侍我的巫女這麼笨，我早就把她吃了……」

「誰服侍你啊？」翡翠也生氣了，「不然你自己去買啊！」

「自己去就自己去！」他傷勢好了七八成，怒氣沖沖的跑出去，翡翠樂得清靜，不到五分鐘，電鈴又響了。

一開門，是上邪。

「……要去哪裡買？」他皺緊眉。

……

如果電視可以讓他安靜一點，那麼花點時間也是應該的……吧？

「……你要這個樣子跟我去買電視卡嗎？」她慶幸自己還沒換下外出的衣服。

「我討厭變成人類……」上邪嘀嘀咕咕的，一陣煙霧過去，翡翠瞪大了眼睛。

上邪不見了，她的眼前出現了一個俊美無儔的美少年。纖細而修長，氣質宛如水般清新，美麗的大眼睛瞅著人看時，會讓人臉紅心跳。

除了貓科般的瞳孔沒辦法變化，但是倒豎的瞳孔看起來分外魅惑……光線下又恢復了渾圓。

他果然是貓科動物。

「嘖，這就是妳喜歡的典型唷？」上邪嘖有煩言，「這樣行了吧？走了。」

「……你好歹穿件衣服。」翡翠不敢往下看。

美少年的裸體是很誘人……但是這樣走出去，會被叫變態吧？

「吼～～人類真囉唆……」上邪一面接過翡翠的衣服一面抱怨，原本不合身的衣服

他只眨了眨眼，就服服貼貼的。

老天……真是玉樹臨風……

只是，頭髮為什麼是銀白色的？

「……你頭髮不能變個顏色嗎？」太長可以用橡皮筋束起來，但是銀白色的長髮

……太醒目了吧？

上邪沉默了一會兒，滿頭銀白的頭髮變成螢光綠，翡翠差點昏倒了。「……這個顏

色好嗎？」

他又沉默了一會兒，變成一節一節的黑和白。

「……像斑馬。」

「吼～」他氣得恢復銀白色，「我最不擅長變髮色了啦！隨便好不好？人類的身體好醜啊！趕快去買啦！」

她這輩子沒受過這麼多的注目禮，路人驚豔的看看上邪，又驚恐的看看貌不驚人，看起來不像他媽媽的翡翠。

唉，他只是一隻妖怪而已……別看了。翡翠後悔沒戴個紙袋套在頭上出門。

這隻妖怪美少年還很煩的指定要去燦坤。

「為什麼？燦坤更遠欸！」她騎著機車哀叫了起來。

「燦坤有打折，妳又有會員卡……妳到底懂不懂啊？妳不是天天喊沒錢？沒錢還不節儉一點，我說妳呀，能不能多花點腦筋……上次我給妳的錢妳居然不用！」

這個嘮嘮叨叨的妖怪怎麼越來越像她媽？「……那種偽鈔我能用嗎?!沒大腦的是你

吧?!」影印紙隨便變出來的鈔票……窮是很窮，但還沒窮到吃免費牢飯的打算。

「我已經改進到很逼真的地步了欸！連兩條防偽線都變出來了啊……」

「那種質感一摸就知道不對了啊！天！你的腦漿是怎麼長的……」

「那妳去買那種鈔票紙。我對於變化元素不夠專門。」

她停下機車，絕望的望著這個何不食肉糜的妖怪好一會兒，閉上嘴巴，決心趕緊把他載到燦坤。

這種紙文具行就買得到的話，還輪得到他這死妖怪印偽鈔嗎？無良人類早就印偽鈔印到通貨膨脹一百倍了。

「原來是這樣啊。」上邪頓悟了。

「跟你說過一千遍，不要隨便讀我的心！」翡翠真是火上加火，緊急煞車在停車格，可恨這隻死妖怪的平衡感太好，沒辦法讓他飛出去。

他俐落的下車，拿下安全帽，甩了甩滿頭銀白的頭髮。束在背後的馬尾輕輕的飛揚，撩撥過往行人的心。

「……別搔首弄姿了！」翡翠覺得快被路人的眼光戳出數百個透明窟窿，「趕緊買一買吧！」

上邪也不答腔，走到賣電視卡的地方，每一個都仔細的閱讀起來，然後捧了跟山一樣高的各廠牌電視卡和電視外接盒走向櫃台。

「喂！我只有一台電腦要裝電視卡！」翡翠的心臟病快發作了，「這個月的票還沒來，我經不起這樣匪類啊！」她吼著追上去。

上邪已經掛著魅惑的笑，對著櫃台的男店員問：「這位先生，請問……我能跟你討論一下各家電視卡的優劣嗎？」

那個笨蛋男店員居然臉紅了，「這個……當然可以啊……」

旁邊的女人一把推開男店員，「你問我吧。我比他還熟。」

「他先問我的！」男店員抗議了。

「我是店長還是你是店長?!」女店長非常凶的把男店員趕走，面對著上邪滿面春意，「先生……你想問什麼?可以告訴我你的電話號碼嗎？」

「告訴妳電話號碼可以打折嗎？」上邪笑得一臉淫邪，翡翠快被他氣昏了。

「對折。」女店長根本像是被捕蠅草引誘的小蒼蠅嘛！

「欸，翡翠，我們家電話號碼多少？」上邪笑嘻嘻的轉過頭來問。

「我有錢，不用對折。」翡翠扁眼，冷冰冰的回答。

她發誓，目光可以殺人的話，她已經讓女店長秒殺了。

「我要你的電話。」話是對上邪說的，凶光卻是對著翡翠。

「我的電話就是翡翠的電話呀。」他溫柔誘哄的拐著，「來嘛，告訴我哪個廠牌的電視卡品質比較穩定……」

捧著那張五折價的電視卡，翡翠的不爽已經快到頂了。

「需要為了一張電視卡賣笑嗎？」她咬牙切齒的問。

上邪哼著歌，似乎很愉快。她轉思一想，哇勒……「喂！你該不會想把她拐出來吃掉吧？我告訴你唷！我家不養吃人的妖怪，你吃人就給我滾出去！」

欸？她居然趕一隻受傷、還沒痊癒的可憐妖怪出家門！「喂，妳這樣叫做為德不卒……妳也會讀心術？妳怎麼知道？」他沒說呀。

「……妖怪掉什麼書包？因為你是大腦簡單四肢發達的笨蛋！你是安怎啊？到底是缺乏哪種蛋白脢，天天嚷著要吃人啊？我看你沒吃人也活得好好的，你對雞排到底有什麼不滿的?!」

「坦白說，非常不滿！吃人是妖怪的天職啊！反正人類這麼多，吃個幾個剛好可以減輕人口壓力……我不要再吃人以外的死肉了！」

「……那你離開我家好了。」翡翠非常生氣，「我不跟吃人的妖怪一起住。」

這女人，居然敢趕他欸！

一人一妖在大樓前互相怒目而視，上邪真的想甩頭就走……看看手裡的電視卡，他又氣餒了。

好吧，他傷勢還沒痊癒，這笨蛋女人嘴巴說得這麼難聽，心裡卻總是希望他好起來。有時睡到半夜，翡翠還會悄悄的爬起來，察看他的傷口怎麼樣了。怕他會痛，總是趁他睡熟的時候，偷偷地擦雙氧水。

妖怪沒那麼怕痛好嗎？但是她這種溫暖的心意卻讓他幾乎死去的重傷奇蹟似的痊癒。

她的情緒複雜而濃郁，讓上邪有些上癮，像是某種酒癮。

再說……她家的電腦多麼好玩，現在又有電視可以看了。

「……我才不想吃其他的人。」他嘀咕著，「我發誓，第一個吃掉的人一定是妳這個無視我尊貴身分的女人！其他的人都得排在妳後面！」

「是嗎？」翡翠也緩和了，她自悔話說得太重了，真的讓上邪走……她會有段時間都良心不安吧？「如果你吃了我，我也就不管你吃不吃別人了。」她很認真的強調，「除了我以外的任何人，你都不可以、絕對不可以碰。知道嗎？」

「……妳腦筋有沒有問題啊？我要吃妳欸!?妳是不是該發個抖啊？」

「好啦好啦，我怕死了，我在發抖了……」

「妳在敷衍我?!喂～」

「很煩欸你！我求求你安靜點好不好？去裝你的電視卡啦！」

上邪一回到家，迫不及待的脫光衣服，馬上變回原形，害翡翠覺得有點遺憾。

下一本就拿那個美少年化身當主角好了，編輯應該會喜歡吧？她在筆記上加了附註。

結果電視讓上邪安靜了好長一段時間。每次看他張著嘴，著迷的看著節目，她都有點錯亂。

你，只是一隻妖怪呀……不要看電視看得這麼入迷好嗎？有回她買了雞排和一包炸香菇，從來不吃蔬菜的上邪，把香菇吃光了，雞排就沒動。

後來她發現，只要上邪在看電視，她就算放一大盤花椰菜在他手上，上邪也吃個精光，從來沒意識到他吃了些什麼。

寫作的生活很無聊，她開始實驗各式各樣的食材餵上邪。連他害怕吃的辣椒，他都只啃了一口，呸了出來，然後狂灌水，眼睛還是盯著電視冠軍的節目不放，連句抱怨都沒有。

給他石頭啃，他恐怕都沒感覺。

觀察上邪看電視變成她生活的一大樂趣。上邪看電視的範圍很廣，從國家地理頻道到台灣霹靂火，都可以讓他看得津津有味，只有養鬼吃人之類的B級恐怖片會興趣缺缺的打呵欠。

「沒用的廢柴，追了兩個小時，就是殺不到那個小孩。」他喃喃抱怨著，「連個小孩都殺不了，還有辦法殺那麼多大人？騙笑欸……」

然後轉台去看日本美食節目。

這麼多的節目，電視兒童上邪，卻最喜歡卡通，尤其是中華小廚師，每一集都追著看，連重播都不放過。

也許是看了中華小廚師的關係吧？他開始挑美食節目看，連教做菜的也不放過。

這樣的電視兒童也沒什麼不好嘛……翡翠過了一段難得的靜謐生活。

所謂人無千日好……等她把家裡所有存糧都吃光光，心不甘情不願的外出補貨時，上邪居然乖乖的換好衣服，自願的變成人形，說，要去幫她提菜籃。

「我只是去超市買泡麵。」她心裡警鐘大響。

「我陪妳去。」他堅決的搶過購物袋，「我也要去！」

經過上次出門的恐怖經驗……她實在很討厭受注目禮。但是要跟上邪爭辯不讓他去的漫長過程……兩害還是取其輕吧。

她向來是個認命的人。

到了超市，上邪開始往推車裡沒命的堆青菜肉類等等生鮮，她看到傻眼，根本沒時間注意其他太太媽媽驚豔又驚恐的眼神。

「……你在幹嘛？我不做飯的！」

「我做。」上邪回答得很乾脆。

一人一妖在超市爭吵了很久……翡翠掏出兩張孫中山結帳了。

「你不會做菜！」翡翠還在做臨死的掙扎。

「哼，這世界上沒有什麼我不會的。」上邪冷哼一聲，「妳以為這三千六百年我白活了？區區做個菜……」

結果第一天做菜，上邪就差點把廚房燒了。

就知道不該讓他看太多電視的……他搞大火快炒，結果火燒著了抽油煙機接油的小盒子，馬上火光四冒。

等她發現濃煙和燒焦味道衝進廚房，正打算拿起洗碗水滅火的時候，發現整盆的水都結冰了，她扔出去的大冰塊把結霜的炒菜鍋砸出一個大洞。

原本烈火燎原的廚房，頓時成了冰天雪地，還不斷飄著細細的雪。

上邪對她皺緊眉，「妳弄壞鍋子了。」

「……你差點燒了廚房。」她連指責都沒有力氣。

「放心。一切都在掌握中。都是妳啦，廚房的抽油煙機要定時處理，妳知不知道啊？實在太危險了……現在鍋子壞掉了，我怎麼做菜啊?!妳真是迷迷糊糊的笨女人！」

望著碎碎唸的上邪，她無力的說，「……還真是對不起喔。」

「知錯就好。去去去，走開走開，礙手礙腳的……」

翡翠望望滿目瘡痍的廚房，默默的把熱水瓶搶救到自己的房間。反正她八百年不用廚房，只有這個熱水瓶不能壞……壞了就不能泡麵了。

沒有廚房跟寫不出稿子，她覺得寫不出稿子嚴重多了。

和劫後餘生的熱水瓶默默相對。她疲倦的把臉埋在掌心。

唉……上邪啊，你只是一隻妖怪……我不會強求你煮飯的。我沒虐待動物的習慣啊……

第三章 只想跟妳吃頓飯

自從上邪迷上做菜以後，翡翠不知道自己過的是天堂還是地獄的生活。

引發了幾次火警的虛驚以後（已經名列大樓管理處的黑名單了），上邪終於無師自通的燒出一手好菜，就算味覺遲鈍的她都覺得相當好吃。

但是她走向餐桌的腳步實在很沉重。

「吃飯了！」上邪繫著圍裙，很開心的大叫，「翡翠趕緊去洗洗手，吃飯了！」

她默默的洗好手，坐在餐桌上看上邪忙來忙去。

「來，這是紅燒獅子頭。我是用最好的後腿肉，經過我用妖力精心捶打，可是外面吃不到的唷。」

餓得很的翡翠，剛伸出筷子……

「等一下！」上邪把盤子端起來，翡翠的筷子狼狽的戳在餐桌上。

完了，他又來了……

「我要吃飯。」無奈的看著這個規矩很多的妖怪。

「少了一點什麼……」他抬頭想了想，恍然大悟，「我知道了，重來重來。」

他回去廚房，回去忙了半天，硬把紅燒獅子頭罩了個鍋蓋才端出來。非常戲劇化的在她面前掀開鍋蓋……

嚇！紅燒獅子頭馬上金光閃閃，瑞氣千條，甚至有他變出來的兩個仙女飛了過去。

「……哪來的仙女？」她有不祥的預感。

「我剛抓了兩隻蒼蠅變的。」他很得意自己的創意，「這樣才像小當家的菜。」

……蒼蠅？這道菜還能吃……嗎？

但是她實在餓到想哭了，紅燒獅子頭的香氣一直誘惑著她……在衛生和飢餓當中掙扎了一會兒，她選了填飽肚子。

夾了一筷紅燒獅子頭，唔……「好吃。」正要夾第二筷，上邪把紅燒獅子頭拿走了。

「我要吃飯！」她氣歪了。

「妳台詞不對！」上邪理直氣壯的指責她，「妳不是該有幸福到飛起來的感覺嗎？妳沒有飛起來！」

「……我不會飛！靠，我是正常的人類啊！」翡翠一拳捶在餐桌上，桌上的碗盤激烈的一跳，「你到底要不要讓我吃飯?!不給我吃我就去外面吃！」

忿忿的穿起外套，卻被上邪踩了拖鞋跌了個狗吃屎。

「死妖怪！」翡翠摀著鼻子，天啊，好痛……「你到底想幹嘛?!」

「我這麼辛苦做菜，妳就不能配合一下？沒毛的母猴子！給我吃下去！」

翡翠忿忿的想破口大罵，卻在看到上邪手上開始癒合的傷口時又心軟了。為了做菜，他不知道切到幾次手。

誰會真心真意為她做菜呢？也只有這個笨妖怪。

鼻子還是好痛……嗚。她坐回餐桌，開始認命了。

「喔～香滑柔潤的口感，宛如珍珠般細緻～這樣好吃的料理，真是前所未有啊～」

翡翠誇張的扶著兩頰，「我似乎聞到青草的香味，這是奔馳在花東廣大草原，充滿野生活力的牛啊！我要飛上天了～」

……這樣可以了吧？為了吃頓飯，她實在是……丟臉啊……

上邪有些感動的看著她，「您吃得高興，是做廚師的榮幸。不過這是豬肉，不是牛肉。」

「……不要太挑剔。」翡翠額上暴出青筋。

「反正妳的味覺跟木頭一樣，我早放棄了。」心情很好的上邪又端出其他的菜，「還有喔，我還做了佛跳牆。」

……不會吧？每道菜都要演一次？饒了我吧～

為了吃上邪做的飯，她去租書店租了一堆美食漫畫來看，不然她擠不出台詞了。

問題是，上邪也跟著她看漫畫，然後時時有牢騷，「原來妳的台詞是抄這本的，妳是不是小說家啊？創作力這麼差，還得用抄襲的……」

「閉嘴。是誰逼我抄襲的？」她咬牙切齒的靠在上邪的身上，「那本還我啦！我還沒看完欸，你先看《將太的壽司》啦。」

「不要，我要看《美味的關係》。日本菜我會做了，義大利菜我還沒碰過。」

「上邪！」翡翠火了，「妖怪跟人家看什麼少女漫畫？還我！」

「妳歧視妖怪喔！我可是比人類優秀千百倍的高級神靈耶，妳敢跟我搶書，妳不要活了！喂！妳不要吵不過我就拉我耳朵～痛痛痛……」

每天為了搶漫畫搶到大打出手，已經變成家常便飯的戲碼了。

*　*　*

他們住在一起，比想像中的時間還長很多。翡翠致命的失眠症不藥而癒了，死寂的生活也有了生氣。

或許上邪的伙食費是沉重了點，對她這樣經濟窘困的小作家來說。但是她願意寫更多的稿子，犧牲更多的睡眠時間，只是希望上邪過得好一點。

原來，有個可以甘心關注的對象，是這樣美好的負擔，雖然有些沉重。

「我覺得妳賺很多錢。」上邪學會翻她的存摺，疑惑的問，「為什麼妳要花這麼多錢出去？」

她紅著臉搶回存摺，「……我又不是花在自己身上貪圖享受。」

「貪圖享受有什麼不對？」上邪皺起眉，「人類真奇怪，為什麼要鼓勵吃苦受罪？」

翡翠茫然的撫著存摺，「……那是為了彌補年少時的一時轉錯彎。」

上邪定定的看著她，「啊勒，離婚又不是什麼污點，妳幹嘛這樣防備？妳到現在還在還幫前夫借的錢喔？小孩還寄在妳媽那兒養？難怪妳這麼窮。」

「不要偷看我的心！」她怒吼起來，「你憑什麼隨便進來偷看？你不要揭我瘡疤，我會痛，我還會痛！」

叫著叫著，她突然哭了起來。

她是遷怒了。一切都是遷怒了……她的人生是失敗的，什麼角色都扮演不好。不管是做妻子，還是做母親，甚至當人家的女兒，她都是失敗的。

身心巨大的壓力讓她只能選擇逃開，除了用金錢贖罪，她想不出任何辦法。

一段破破碎碎的婚姻，一個可憐的孩子，和另一個無辜被她拖累的母親，以及她還也還不清的巨大債務。

她沒有辦法留在孩子和媽媽的身邊共同奮鬥，因為她病了，身和心都病得非常厲害，自殺和逃走，她膽小的選擇了逃走，然後用有限的金錢補償自己永遠補償不了的罪惡。

「妳在撒嬌。」上邪翻著漫畫，「妳不斷的責備自己，只是希望別人安慰妳，說，這一切，並不是妳的錯。」

一秒鐘宛如一世紀，上邪有些驚訝的抬頭，他居然讀不到翡翠的任何「心聲」。

只是一片荒蕪。殘暴的狂嵐凶猛的颳過她一點聲音也沒有的內心世界，這樣的凶猛、憤怒，卻又無止盡的悲哀。

「……我沒有跟任何人說過這些。」她的聲音，沒有一點起伏。

「妳說了。」他很坦率的，「在妳寫的每個字，在妳表現出來的態度，在妳的憂鬱裡，反覆的說了。不用讀心術也看得出來。」

連狂嵐也停止了。再也讀不出，她的任何心思。

霍然的站起來，翡翠不發一語的穿上外套，像是逃命一樣跑了出去，留下訝異的上邪。

發生什麼事情了？上邪摸不著頭緒。他想了半天，想不出說了什麼話，讓她這麼激烈而異常的反應。

人類真是難以了解的生物啊。

他很高興的看完了所有的漫畫，再也沒人跟他搶。但是天色漸漸的暗了下來，翡翠卻沒有回來。

她沒有離開這麼久過呢。雖然奇怪，但是他還是煮了晚飯。花了很多心思和法術就為了跟卡通上面一模一樣。

翡翠還是沒有回來。

不回來就算了。上邪有些發怒，辛辛苦苦煮好了飯，就是要給她吃的啊。什麼也不說就跑出去，他又讀不到翡翠的心，怎麼知道她在想什麼？

「我自己吃！」他忿忿的添飯，「都不留給妳了，讓妳餓死算了！」

拿起筷子，他卻沒有吃的欲望。

這是一種很陌生的感情，他突然食不下嚥，筷子遲遲動不了。

沒有開燈，屋子漸漸的暗了下來。他在黑暗中，為了這種陌生的感覺有些驚恐。

等待翡翠的時間，比被禁錮起來的時間還漫長難熬。他是個妖怪，時間對他本來是沒有意義的。

但是「等待翡翠」，卻像是一道禁符，讓他狂野無拘的心有了一種殘忍的約束。

他沒想到吃人，也沒想到離開。什麼事情也沒辦法做，就是坐在冷掉的幾盤菜前面，等。

我是怎麼了？上邪不斷的問自己，我是怎麼了？他不必要等的。有很多事情可以做。既然翡翠不在了，他大可以從容的偷偷溜出去，選個夜歸的犧牲者，大大方方的享受睽違千年的美味大餐……

但是他失去了所有的胃口，另一種食物無法滿足的飢餓緩緩的升起。

他想看到翡翠坐在餐桌前，哭笑不得、挖空心思的讚美他的菜好吃。

為什麼我不離開呢？其實上邪的傷幾乎都好全了。他可以去任何地方……呼吸一下自由的空氣。而不用跟翡翠相處在這個足不出門的斗室。

他可以做任何事情。

但是「可以做」和「想做」不一樣。他只想要……只想要待在這裡。

只想和翡翠一起吃飯。

門呀地打開了，他跳了起來，「妳跑去哪裡了？」

翡翠怔怔的望著他，「……你還在？」

「我能去哪裡！」上邪獃住了，他能去任何想去的地方。但是他最想去的……就是留在這裡。

幾盤菜冷冰冰的、寂寞的放在餐桌上。一人一妖的心裡，都充滿了說不出來、複雜的悲哀，或者還有一點點慰藉。

「……妳餓了吧？」上邪不太自然的站起來，「我去熱菜……」

「不用了。我好餓，好餓好餓……」她端起冷掉的飯，吃著凝著油凍的菜，「很好吃，真的很好吃……」

一面吃，眼淚一面滾下來。

上邪沒有說話，只是默默的吃飯。他還不適應這種陌生的情緒，但是一看到她回來……原本浮動不安的心，突然放了下來。

糟糕了……很糟很糟了。但是這種糟糕的感覺，還不賴。

只要可以跟翡翠一起吃吃飯，這樣就可以了。

「我有放鹽，」他咕噥著，「不夠鹹可以跟我說，妳不用掉眼淚自己加。」

看著翡翠破涕而笑，這樣就好了……人類的生命很短暫不是嗎？就這樣吧。幾十年就好了，他的自由到翡翠死的時候就有了。

他的時間無窮無盡。

「我不會再看妳的心了。」硬著頭皮，這樣也算道歉了吧？「人類的感情太複雜，我不了解。」

「……是我自己不好。」翡翠悲傷的笑了笑，「你說的沒錯。我一直……希望別人原諒我。所以，一直不斷的自責。」她伸伸舌頭，「只是，我不敢承認。是啊……我是在撒嬌。」

兩個人都陷入了長長的沉默。只是安靜的動著筷子，這樣的沉默，有種悲哀的味道。

「上邪……你的傷都好了嗎？」這樣的沉默太難熬，翡翠覺得有點窒息。

「那種小傷，早都好了。人類這種軟弱的生物，哪能真的傷害我……」上邪驕傲的挺挺胸，「我可是震古鑠今的大妖魔，區區一點小傷……好痛啊！妳在幹什麼，妳在幹什麼?!」上邪跳了起來。

「我只是戳戳你的傷口。你不是說不會痛嗎？」翡翠滿臉無辜。

「妳讓人差點把心臟挖出來看看！看會不會痛好了！那是因為我太厲害了，不然我也讓那群該死的黑薔薇十字軍給……」

上邪還想說些什麼，突然停頓了。

他聞到不祥的花香，那是薔薇花的氣味，充滿了狂信徒與盲目宗教的惡臭。

銀白的長髮倒豎，鼻上獰出惡紋，恢復了宛如銀色獅子的原身。

翡翠驚愕的抬起頭，一群黑衣人無聲無息的出現在她的客廳。

「真難找。」帶頭的男子露出俊秀卻冷冰的笑，「原來你隱匿在女人的家裡。」

他們說的語言，翡翠不懂，她怔怔的看著這群不速之客。「你們是誰？怎麼可以擅闖民宅？」話還沒說完，上邪已經怒吼著揮爪和這群人纏鬥起來。

小小的周旋已經毀了她半個客廳，她尖叫起來，「你們在幹什麼……」拿起電話要撥一一〇，一個黑衣人打碎了電話，扼住翡翠的脖子。

「惡魔，要你的女人沒事，你就乖乖跟我們走！」

上邪伏低蓄勢待發，突然笑了起來，「你們不是上帝的僕人，神的使者嗎？我記得你們黑薔薇十字軍有個守則：隱密行事，不牽連無辜。現在你們在幹嘛？威脅無辜的同類？」

「我們並不想威脅她。」帶頭的男子優雅的擺擺手，「為了抓你，這是不得已的非常手段。不能放你這個可怕的惡魔危害世間！你在意這個女人吧……還是跟我們走，我保證她毫髮無傷。」

「在意？」他輕蔑的笑笑，滿口尖利的銀齒閃閃發光，「殺了她我就沒有弱點了！」

他一爪打飛了掐著翡翠的黑衣人，張口往翡翠的咽喉咬下去，俊秀男子臉色大變，敏捷的揮劍刺向上邪……

上邪將翡翠像是破布娃娃一樣丟得遠遠的，藉機從落地門破窗而出，回頭望了望翡翠，眼神如許複雜，銀白色的身影飛騰在黑天鵝絨的夜空，黑衣人的鎖鏈徒勞無功的在空中落下。

「派直升機去追他。」首領吩咐了，禮貌的將翡翠扶起，「小姐，妳沒事吧？」

翡翠呆呆的摸摸自己的咽喉。上邪只留了淺淺的齒痕。

「妳不該收留惡魔的，希望上帝寬恕妳的罪。」首領用濃重口音的中文跟她說，聲音非常悅耳，他的笑容應該會讓許多少女臉紅心跳吧？

除了我以外。

看她不回答，首領關懷的問，「妳受傷了嗎？剛剛是情非得已的。請原諒我們在追捕惡魔時的粗魯。有什麼我可以幫妳的嗎？」

「……離開我的家。」翡翠終於意識到上邪走了，眼淚悄悄的滾下來，「馬上離開我的家。」

首領皺眉望著她，東方女人真奇怪，居然看重那惡魔而看都不看自己一眼。「……妳的損失，我們會全部負責的。」

「馬上離開我家，滾！」翡翠尖叫起來，「通通滾，不要在我家裡！給我滾！」

黑衣人悄悄的退走，只剩下狼藉一片的客廳。

多麼不真實……多麼不可能的夜晚。

上邪走了，就這樣，走了。

* * *

就像作了一場夢……說不定真的是一場夢。

她沒有想像中的傷心欲絕，只是發呆的時間變長了。她常常會忘記，又買了一大堆，然後對著吃也吃不完的菜發愁。

若不是黑衣人寄來的補償支票能兌現，她會以為這一切都是夢而已。

她不要這些錢。但是客廳不修理好，房東會罵的。

一切都恢復常軌。她仍然在寫小說餬口，每天對著空白的Word發呆。一樣吃著泡麵，偶爾玩玩網路遊戲。

但是惡性失眠又找上了她，常常睜著眼睛直到天亮。

她沒有去想上邪，就是這樣一天過一天，機械式的。把所有的心思都拿來苦惱失眠問題，這樣就沒有精力去想其他事情了。

當她連續四十八小時沒闔眼，她容許自己痛哭了一場。筋疲力盡中，矇矇朧朧的，她在睡與不睡的界限中掙扎，不知道為什麼，她睡熟了。

這一覺，很長，很舒服。若是死亡是這樣的感覺，她想她很樂意就這樣睡死算了。世界上沒什麼可以留戀的，就剩下責任、懊悔和自責。

上邪會被找到，不知道是不是因為自己的關係。

她什麼也做不好，跟她有關係的人都會面臨大災難。

「神經病。」熟悉的咕噥在她頭頂響著，「妳乖乖睡覺行不行？」

上邪。埋在他雪白的柔毛裡，翡翠哭得肝腸寸斷，全身不斷顫抖。「你回來了……」

「我不在這裡。」他不耐煩的拍了幾下，「睡妳的啦，這是夢，快點睡覺。」

「那我不要醒來了！」她哇哇大哭，緊緊的抱住上邪。

「笨蛋啊……」上邪凶她，聲音卻軟了下來，「快快睡吧，我不能留太久。妳不睡覺我會煩的，快點睡覺……」

所有的人類，在他眼中只是來不及長大就死亡的小孩。只是不知道為什麼，千山萬水的逃脫之後，他依舊可以讀得到翡翠的心。

像是悲哀的風不斷的對他吹襲，連他剛硬的心都為之感應。

只是一隻沒毛的母猴子而已……人類不過是他的食物，何以如此掛心？和人一起生活久了，也染上了人類的軟弱嗎？

這種軟弱，還不賴。

抑魔香還剩下小指般高。這香燒完之前，他得快快離開翡翠的家，不然被鎖定妖氣的他，一定會被黑薔薇十字軍找到的。

他不願意再咬翡翠一次，就算做做樣子也不要。因為……上次為了救她的「假裝」，真的讓翡翠極度恐懼了一下。

翡翠怕他……不要，他不要。

香要燒完了。非常沉重的嘆了口氣。輕輕的將滿臉淚痕的翡翠放下，靜默了好一會兒，幫她蓋好被子。

人間的抑魔香這樣稀少，材料又這麼難取得。他得再去找未落的雨、飄落還沒沾花瓣的雪，還有鳳凰的羽毛，以及一大堆煩死人也煩死妖怪的材料，用很貴的代價，才能做出一柱。

為了讓翡翠好好睡覺，一切都是值得的。

只是很遺憾，時間太寶貴，他沒有機會，和翡翠一起吃吃飯。

他最想要的，也只是這個而已。

第四章 唔，舒祈？

醒來時枕畔留著很長的銀色髮絲，她知道昨晚的一切並不是夢。

這比再也見不到上邪還讓人難過，有種花非花霧非霧的摧心。強迫自己不去想的壓抑一旦決了堤，她再也提不起勁去做任何事情，除了等待以外。

這很嚴重的延誤了她交稿的進度。雖然說，她不過是個小牌到不能再小牌的言情作家，好歹也是簽合約塞空檔的。大牌作家還可以有拖稿的特權，連她這種穩定交稿是唯一優點的小作者都拖稿，編輯還要活嗎？

說不得，美女編輯打了幾次電話沒有結果，乾脆殺到她的小窩來了。

凌亂不堪的書房沒有嚇到她，翡翠憔悴到像是死了八成的模樣把她嚇壞了。

「……妳看起來像是癌症末期。」美女編輯不想雪上加霜，就是管不住自己舌頭，說了出來。

相思成癌……這個可以當下一本書的書名嗎？翡翠覺得自己發瘋了。

「乖，跟編編說，妳為什麼交不出來？這種沒腦又驕縱到令人想打的死小孩類型不是妳最擅長的嗎？有什麼事情讓妳煩心呢？」怕太嚴厲真的讓這個病入膏肓的女人跳樓了，美女編輯收起所有的火氣，誘哄的想知道她拖稿的原因。

支支吾吾了半天，翡翠悶得慌了，想說又不敢講。現在她可不能被送到精神病院，她還要等上邪呢。

「是……是這樣的。我為了一個很好的『朋友』煩惱。」她吞了口口水，「我那個『朋友』，在她家後陽台撿到一隻銀白色大獅子似的妖怪……」

忍住滿眶的淚水，她終於找到傾訴的辦法，一五一十的把來龍去脈說了一遍。說到那票該死的黑衣人，她激動的差點捏碎了玻璃杯（幸好她拿的杯子很堅固），提起為了她的失眠冒險前來的上邪，眼淚幾乎忍不住要滴下來。

講完了以後，美女編輯和她默默相對，窒息的沉默害她不知道該怎麼辦才好。

「唔……真的是，很特別，很感人的愛情故事。」美女編輯打破沉默，摩挲著下巴，「不過題材太不安全了，所以……大概不能排進書系裡面。」

翡翠狐疑的看她一眼，「……這算愛情故事嗎？」她跟上邪有相愛？沒有吧？她哪有愛上那個壞脾氣、好吃又愛搗蛋的死妖怪？愛情不就該是甜甜蜜蜜你儂我儂，沒有妳我的生命沒有顏色的那種嗎？

她偏頭想了一會兒，氣餒的放棄了。蝸居太久，她八百年沒談戀愛了，快要想不起來戀愛是怎麼回事。

不過她很肯定，她沒愛上上邪。她個人對獸交沒有興趣。

「加油添醋以後絕對就是了，」美女編輯揮揮手，「拿根針就寫成棒槌不是作家虎爛的全掛子好戲？咱們先不談這個。妳就為妳這『朋友』的愛情故事寫不出稿子？」

「呃……這個……妳知道作家感情是比較纖細敏感的……」翡翠吞吐了起來，「不能幫到『朋友』的忙，替她難受一下也是應該的……」

美女編輯沒好氣的白她一眼。什麼事情都是發生在『朋友』身上的。從蠢到被金光黨騙，一直到抓娃娃，通通都是發生在『朋友』身上，靠，『朋友』真好用，啥蠢事往他們身上推就是了。

連這種莫名其妙的愛情故事也是，她實在……不過，誰讓她是見多識廣，神通廣大的編輯呢？

讓這死作家趕緊交稿才是當務之急。寫得爛歸爛，總還看得下去。她已經讓新人不知所云的稿子弄傷眼睛了。

「別說我不幫妳……的『朋友』。」美女編輯轉了轉眼珠，「什麼大事呢？不過是個妖怪的居留權。我指點妳……的『朋友』一條路。妳呢，去找排版的葉舒祈。她算命可是厲害的勒，一定能告訴妳……的『朋友』該怎麼辦。」

葉舒祈？一個會算命的排版？找她能有什麼辦法？她還以為編輯要推薦她去找林雨大師之類的。

「呿，妳不會想去找什麼廢柴大師吧？」美女編輯嗤之以鼻，「妳相信我，找到舒祈以後，一定可以解決妳的問題……我是說，妳『朋友』的問題。不過……」美女編輯倒豎起那雙美麗的狐眼，有種超脫人類的美麗和一絲絲令人膽寒的恐懼，「妳若透露是我告訴妳的，我會把妳碎屍萬段，聽到了沒有?!」

翡翠睜大眼睛瞪著美麗的編輯，有一種非常熟悉的非人感……現在她才發現，美女編輯有種說不出的氣質……和上邪很像。

或者說，和變化成美少年的上邪很像。

她像是明白了些什麼，嘴變成了O型。

「不要提到我的名字，聽見了吧？」美女編輯滿腹牢騷的站起來，「真是的……害我以為發生了什麼天崩地裂的大事，妳連稿子都不交了……」

「編編。」翡翠管不住舌頭的叫住她。

「嗯？」美女編輯風情萬種的半偏著臉看翡翠。

「請問妳們……我是說，像這樣的『移民』……多不多？」她真恨自己該死的好奇心。

編輯睜圓了她美麗的狐眼，不大自然的別開視線，「妳……妳怎麼不去問客家人移民台灣多不多？呿，什麼問題嘛……就算『移民』，我們也是每天上班下班，認認真真的掙口飯吃喔。妳趕快交稿，不要讓我被炒魷魚，我就謝天謝地了。」

……是真的。居然是真的欸！

等編輯走了以後，她發呆了半天。從窗戶望出去的尋常街景，突然大大的不一樣了，這世界徹底的翻轉過來。

上邪是……這她知道。但是美女編輯也……看起來非常正常的美女編輯也……也是

……

「移民」？

這街上到底有多少跟上邪一樣的「移民」啊？到底有多少是人間本土的，多少是……

她不敢再想下去。

還是去找葉舒祈吧。至於管理「移民」之類的……希望台灣有專屬的「移民局」可以管理。

但願吧。

* * *

循著地址找了很久很久，她才找到隱藏在小巷子裡的葉宅。

爬上樓梯，這公寓看起來恐怕跟自己的年紀差不多。遲疑的按了按電鈴，一個半透明的少女穿出大門望著她。

猛然往後一跳，嚇……鬼啊！

少女也被她嚇一大跳，趕緊縮了回去，沒一會兒，終於有正常的人類（？）打開了大門。

亂糟糟的綁著馬尾，穿著破舊T恤的中年女人無奈的看著她，「……我在趕工，很忙。有什麼事情等我趕完再來找我好不好？」

「……我很想說好。」一想到上邪，翡翠的眼淚快奪眶而出，「但是……」

只要上邪可以回家，就算葉舒祈的家裡塞滿了鬼她也要闖一闖。

「別哭別哭。」舒祈頭痛的阻止她的眼淚，「進來吧。」

……真的塞滿了孤魂野鬼。嗚嗚嗚……眼睛看得到的空間或坐或站，還有飄著的。她好害怕……

「得慕，把他們帶進電腦裡面去。」舒祈無奈的揮揮手，「他們嚇到客人了。」

剛剛來應門的半透明少女皺緊了秀氣的眉，「但是他們還沒登錄欸……」

「帶去妳的檔案夾登錄。」舒祈嘆了一口氣，「小姐，妳跟妖怪住在一起太久了，妖氣讓妳看得到不該看到的東西……快把他們帶走。」

翡翠瞠目結舌的看著一大群的孤魂野鬼魚貫的從電腦螢幕進入，消失了蹤影。

哇啊～這好像貞子的相反版啊……

她半夜還敢一個人開著電腦趕稿嗎？嗚嗚嗚，好可怕……

「擦擦眼淚。」舒祈遞給她面紙，「根據統計，活人謀殺活人的案例，遠遠超過死人和妖怪謀殺活人的數量。其比例大概是一百萬比一。」

翡翠滿臉淚痕的看著舒祈，「……我理智上知道，但是我情感上不知道。」

兩個年紀差不多的女人無奈的對望。

「說說看，」舒祈又嘆了口氣，「妳想要什麼？跟妳住在一起的妖怪沒有來？妳要驅逐他嗎？我可以幫妳介紹個專門打工除妖的……雖然是個高中女生，不過我想她應該可以輕鬆的……」

「不是啦！」翡翠哭叫起來，「上邪已經讓那群黑衣人趕跑了啦！我要上邪回家啦！」

「上邪？黑衣人？」舒祈皺起眉，「妳仔細說給我聽。」

她很專注的聽翡翠顛三倒四的說明，眉頭越皺越緊。

「是黑薔薇十字軍吧？」舒祈沉下臉，「幾時台灣變成梵諦岡的管轄範圍了？不用來拜碼頭的？得慕。」

少女從電腦螢幕探出頭，翡翠嚇得往後一跳，得慕皺著眉，「舒祈，我還沒登錄完欸。」

「先不忙這個，我問妳，妳知道黑薔薇十字軍來台灣活動的事情嗎？」

「欸？」得慕瞪大了可愛的眼睛，「他們沒有報備喔。有這回事嗎？我問問看……」

……為什麼梵諦岡的啥勞子十字軍來台灣活動，得跟這個貌不驚人的女人報備啊？我到底到了什麼地方啊？

翡翠環顧這個宛如原子彈轟炸過的混亂工作室，唯一比較不尋常的，也不過是有很多電腦主機並排在一起而已……

但是這些明顯在運作的電腦主機沒有插上電源。

她不敢再想下去了。

「沒有喔。」得慕乾脆從螢幕裡出來，「我查過工作日誌，他們是未經許可就在境內活動的。」

舒祈厭煩的托著腮，「那當初協議作啥？梵諦岡自己不想管這塊彈丸小島的事情的。硬劃給我煩，然後高興闖進來就闖進來？不是說別干擾到人類嗎？他們搞什麼鬼？」

「……舒祈……妳也是人類。」得慕提醒她。

沒好氣的瞪她一眼，「要妳告訴我？我當然知道。」無奈的瞪著天花板一會兒，「小姐……妳叫翡翠？翡翠，如果妳收留那個妖怪，就要管轄著他，別讓他作亂。」

「他跟我一起的時候很乖的！」翡翠叫了起來，「他很好……真的很好！雖然說他壞脾氣胃口又大，養他養得累死了……但是他在我家以後沒再吃過人啊！他答應我第一個吃的一定是我……我還沒被吃掉他就會乖乖的……」自己都覺得這樣的辯解有點莫名其妙，「……他不會害別人的啦！」

舒祈無奈的望她一眼，十指靈巧的在鍵盤上飛舞，「唔……翡翠，妳的電腦沒開？」

「沒有。」她哽咽的回答。

「……得慕，妳送翡翠回家，然後從她家的電腦回來。我懶得去查ＩＰ了……」舒祈揉揉額角，「我會處理的，上邪……也可以回家。讓我抓到是哪個多嘴的妖怪告訴妳可以來找我的，我一定……讓她生不如死。」

舒祈咬牙切齒的回到電腦工作，「我早就說過了，我最近工作排得很滿，已經要崩潰了，有任何事情也等下個月我再處理……我是人類啊！要賺錢吃飯的！哪有那麼多美國時間管這些無聊的五四三……這些事情有錢賺嗎？該死的聯盟……我管轄台灣地區也沒有薪水，他媽的維護世界和平……」

得慕點了點翡翠的後背，友善的對她笑了一笑，「來吧，我送妳回家。」

最初的那種恐懼感過去了，她覺得……其實得慕長得還滿可愛的。

「舒祈……是不是在生我的氣？」她很明白趕稿時天崩地裂的感覺。

「哦，別理她。她只是喜歡嘴巴唸唸，讓她發洩一下也好。她最近趕工趕得不太正常……就算妳不來，若是我們剛好得到情報，她也會處理的。」得慕笑了笑，「別擔心，她唸歸唸，還是什麼都管的。不然，說真的，也不會照顧我們這些天不收地不管的孤魂生靈……」

翡翠驚愕的停住腳步，「妳是說……？」

「我讓她收的時候，還是植物人。」得慕伸伸舌頭，「那時我肉體還活著，但是靈魂已經無法留在損傷嚴重的身體裡了。像我們這種生靈是很容易被惡鬼吃掉的。剛好逃命的時候遇到了舒祈，她開了檔案夾收容我。」

「……檔案夾？」

「這是舒祈的特殊能力。她可以在電腦裡開檔案夾收容生靈和孤魂。創造力和想像力夠的生靈孤魂可以在檔案夾裡構造自己的世界……不夠的可以寄居在別人的世界裡。天堂只收乾淨無瑕的靈魂，地獄又只收滿身罪孽的惡靈，我們這些不上不下的孤魂野鬼，也只好來舒祈這兒寄居。」

她噗嗤的一笑，「他們自己不收的，硬說舒祈在人間搞第三勢力……不過也真的收到爆滿，說是第三勢力也不為過吧？」

「……你們的主機沒有插電……」

「因為我們收了一隻雷獸在電腦裡，很久不用繳電費了。」

翡翠一跳，不會吧？「妖怪也可以收進檔案夾?!」

「如果妳想參觀，等妳睡著了，我可以帶妳來玩玩。」得慕很友善，「別害怕，跟作夢一樣。其實……妖與非妖，只有一線之隔。人類的血統是很複雜的……純粹的人類可以說沒有。多多少少都摻雜了神或魔的血統，有時候隔代遺傳可以很完整的呈現，尤其是跨越生死以後……」

怔怔的望著她，又火速的望望街上來往的行人……真的都是行「人」嗎？天啊，會不會她的上上代，或者是上上上上到無盡上上代，也是……「移民」？

她不敢想下去了。

「其實，妳本來不用知道這些的。」得慕乖乖的跟在她背後回家，「但是妳若要收容妖怪在家裡住……最好了解一下。因為他的妖力會影響妳，只是我很奇怪，妳怎麼會到現在才『看到』呢？」

翡翠打開大門，「……我足不出戶。」

得慕卻像是被很大的力量推出去，驚愕的跌坐在地上。「……不是的。請妳把門上的『禁制』拿下來，不然我進不去。」

什麼禁制？她在門上摸索了一會兒，找到一根銀白纖長的頭髮。這是上邪的。

「難怪……」得慕充滿敬畏的看著，「連我都進不去了，還有什麼雜鬼小妖進得來？他很保護妳呀……」

握著柔細的長髮，翡翠有種想哭的衝動，卻積壓在心裡，哭不出來。

上邪……看起來這樣粗魯，卻什麼事情都替她想了。

從大門到臥室，起碼下了十道的禁制。

「連電腦也有……」得慕笑了起來，「不過我得破壞他的禁制，不然我們不能掌控他的行蹤。我得花點時間開個門……」

她坐在電腦前面，半透明的手指在鍵盤上游移，進入Dos模式，開始解開上邪設下的保護。

「……我要說，他是個令人敬佩的妖怪。」得慕滿懷敬意，「活過千年的大妖通常對複雜的電腦不拿手，但是他連這個管道也設得點滴不漏。我把門開好了，請他不要關上這個通道。非必要我們不會未經許可從這裡進出，但是我們得確定能掌控他的行蹤。」

她幾乎是抱歉的笑笑，「請他諒解。」

「……他可以回家了嗎？」翡翠一點也不在意這個，只要上邪可以回家，在她家裡放監視器都沒關係。

「妳可以歡迎他回來了。」得慕融入她的電腦螢幕，「黑薔薇十字軍不敢再來煩你們……若是敢，他們可是得跟舒祈的軍隊抗衡。我想他們不敢冒這個險吧？記得把禁制放回去……妳不想再看到那些不該看到的『東西』吧？」

……很好，舒祈家的孤魂野鬼多到可以集結成軍隊了。很多事情是不要細想比較好的。

她希望的只是，上邪回家來。

但是怎麼告訴他，他可以回家了？可以寫信到哪裡，或者可以用即時通找他？

淚流滿面的呆坐在電腦前面，突然想到他們都在玩的線上遊戲可以寫信。

但是在外面流浪躲避敵人的上邪會有心情玩game嗎？抱著姑且一試的心情，眼淚鼻涕的寫了很長的信，寄給上邪。

寄完呆了一會兒，她實在沒有心情待在遊戲上面，正要關閉遊戲……

「啊勒，誰教你去找那女人的？我幹嘛被她管轄啊？我可是被尊為神的大妖呢！被個人類管轄，我的面子要擺哪啊？」她的訊息欄突然出現了這段密語。

瞪著電腦螢幕好一會兒，她揉揉眼睛，不禁勃然大怒，天天擔心他擔心到快哭瞎了，這王八妖怪居然在玩線上遊戲？他媽的……

「你在哪?!」她氣得打字的手都在發抖。

「網咖。啊不然妳告訴我，還有什麼地方更適合躲那群王八蛋的？安啦，他們白痴，想不到我是個高科技的大妖魔……」

左右張望了一會兒，那個豬頭妖怪的人物站在她旁邊。

可恨為什麼他們在安全區啊？如果可以ＰＫ，她真想雷火交加的劈死這個混帳東西……

「你馬上給我滾回來！」發抖的手打了好幾次，才終於打出完整句子。

「我才不要。」

她懶得密語，怒氣沖天的用普通頻跟上邪吵了起來。有個煩不過的玩家好心的密她，「是妳男朋友喔？他好像跟人家打架，全身是傷的窩在網咖好幾天了，妳來接他回去好了……」

「……你們同網咖嗎？」翡翠驚愕，趕緊密回去，「告訴我地址，求求你……」

「嘿啊，看他窩好幾天了，我偷看他的螢幕才知道的。地址是……妳來接他回去吧，這樣窩下去對身體不好啊。我聽網咖的妹妹說他都沒睡覺……不要太沉迷遊戲了……」

火速下線以後，她抓著錢包跑出大門，衝到馬路中間攔了計程車。

「小姐！妳不要命了喔?!」計程車司機嚇出一身冷汗，「妳怎麼……」

「我是不要命了！快！我要到這個地方去。」她匆匆上了計程車。

司機還在研究地址，翡翠很沒形象的踹他的椅子，「快開車！」

計程車司機害怕的蛇行開了出去，不知道是遇到熊還是虎。

應該是……母老虎吧？

一到網咖，她連車都來不及停好就開門踉蹌的衝出去，想跟她要車錢，計程車司機的手無力的伸在半空中，摸摸鼻子，算了……

哪知道這隻母老虎又撲回來，還死命的拍他車窗。

要死了，該不會白坐車還要搶劫吧？為什麼現在是紅燈，連逃命的機會都沒有啊……

「什……什麼事情？」小心的搖下一條窗縫，司機嚇得都結巴了。

翡翠鐵青著臉從車縫塞了張千元大鈔，又鐵青著臉衝進網咖。

……真是什麼樣的人都有。餘悸猶存的司機撿起鈔票，綠燈就火速逃離現場。看她那麼恐怖……該不會是去殺人吧？

其實翡翠是很想殺了不肯回家的上邪。她推開店員，一個位置一個位置的找過去，在最角落找到他。

……終於知道，上邪為什麼不肯回家了。

比上次在陽台撿到他的時候，更委靡，也更淒慘。硬要維持人形耗費了他所有的妖力，無力讓聖刀造成的傷口癒合。好幾天沒洗的T恤狼狽的凝著血跡。

「妳怎麼找到的？」他跳起來，扯動傷口讓他齜牙咧嘴，「啊勒，是誰告密的？我要宰了他……」

「……你為什麼不回家？」她哽咽了。

「……」沉默了一會兒，「我不想讓妳看到我這樣。再過幾天，我就會好一點，最少……」

撫著他瘀青的臉，心裡滿滿的是心疼和不捨，她以為這段時間已經哭得夠多了，哪知道現在掉的眼淚比所有的眼淚加起來還多。

抱著他哇哇的拚命哭，「回家啦……回家……我們回家啦……我還有雙氧水，很多很多雙氧水……」

笨女人，雙氧水治不好我的。不過妳的眼淚可以。但是，我開始討厭看到妳掉眼淚了。

因為……這裡會痛。心臟的地方……比傷口還痛得多。

「別哭了啦，吵死了。」他喃喃著，「回家就回家。妳到底有沒有好好吃啊？為什麼看起來一副非常難吃的樣子？妳忘記妳是我的食物喔？我第一個要吃的人可是妳欸。天天吃泡麵……我不想啃木乃伊……」

翡翠用力的捶他一下，撲在他懷裡繼續哭。

死女人……剛好捶在最大的傷口上面，痛死了。

但是上邪，卻笑了。他的笑容，是多麼的美麗。

第五章 召喚

「……我跟你說過多少次了，不要再抓蒼蠅當仙女了！被蒼蠅沾過的菜還能吃嗎？」翡翠對著金光閃閃的菜發怒。

「妳很煩欸，」上邪不耐的回答，「知道啦，這不是蒼蠅變的，妳以為蒼蠅好找喔？有眼睛就看得出來，這仙女比較小，是蚊子變的！」

「……蚊子會比蒼蠅好嗎？」翡翠跳了起來，「不要再變這種蠢把戲了！蒼蠅沾過的不能吃，蚊子沾過的也不能吃啦！你想害我拉肚子是嗎？」

「我消毒過了。」上邪皺緊眉，「妳歧視蚊子蒼蠅喔。」

「就算消毒了，我情感上也不能接受啊！」

「……蜻蜓如何？但是蜻蜓有點難找，又大了點……」

翡翠氣得發呆，「……不用仙女飛過，我也會說你做的菜非常好吃！這些花招搞來作啥啊？搞笑？賣鬧啊……」

「妳還說勒，妳的讚美越來越沒創意了。我辛苦做菜妳連讚美都不會喔？妳今天說的跟大前天的台詞一樣，而且還是抄日劇台詞的。妳是不是作家啊？我真的很懷疑欸……」

這頓飯從開始吃就吵，一直吵到吃完洗過碗，一人一妖妳一言我一語吵得不可開交，吵到電話響到要爆了，翡翠才沒好氣的接起電話，「喂?!」

「翡翠，妳太久沒被催稿是嗎？」美女編輯的聲音隱含著雷鳴，「妳的稿呢？妳的問題……我是說妳『朋友』的問題不是解決了嗎？妳還有什麼拖稿的藉口?!」

「我寫到第九章了，我先寄給妳……上邪，你別再煮點心了！我已經胖了三公斤啊！你就算煮了我也不要吃，我討厭甜食！」翡翠摀著話筒叫著，「啊啦，編編我寄過去了，最後一章我明天一定交！對不起，我現在很忙……」

「……我想也是。」美女編輯扶扶額角，「妳沒透露我的姓名吧？不要解決了妳的……我是說妳『朋友』的問題，造成了我的問題！」

「我是個有義氣的人……」翡翠心不在焉的回答，「啊~你煮好了？我才剛吃過飯，你煮那麼多幹嘛？我不要吃！對不起，我去忙了……」

看著那碗香噴噴、木已成舟的紫米湯圓，翡翠開始痛恨上邪的好手藝。

「……我不想再肥下去。已經很肥很肥了啊！」她沉痛的指責，「我不要再吃了！都是你害的……」

「妳說什麼話呀？」上邪扁了扁眼睛，「就是要這樣胖胖的、軟軟的，抱起來才舒服呀。人類的審美觀真奇怪，路上一堆不死軍團在走路，還穿著緊緊的牛仔褲，看起來像是兩根筷子，會不會摔一跤就斷了啊？妳想變成那樣？快點吃！妳氣色有夠爛的……」

美食和身材……真是令人惱怒的選擇啊！尤其是「美食」那邊有個廚藝很好的妖怪幫妳想好了一切藉口的時候，「好身材」變得越來越無所謂，離自己越來越遙遠……

變成天邊一顆寂寞的星星。啊啊，好身材，我懷念你……

「我恨你。」一面吃著該死好吃的紫米湯圓，翡翠眼淚都快滴下來了。

「煮給妳吃，妳還恨我?!人類真是忘恩負義的生物……」

「這是陰謀，你在破壞我的身材！」

「一捆柴叫做身材？」上邪嗤之以鼻，「妳幹嘛不搬去衣索比亞？」

「就算搬去火星，你也會弄出一堆東西逼我吃！」對他怒目而視。

「再來一碗吧。知道就好，有什麼好掙扎的……」上邪大剌剌的又添了一碗給她，「我煮得累死了，廚房讓妳收喔。」

然後很安心的去看他的卡通。

……她開始後悔把他找回來了。默默的洗著大疊的碗盤，唉，這個時間，她應該去把第十章寫完才對。碗盤放著又不會跑。

但是上邪會碎唸很久很久。被唸死跟洗碗……她很沒種的選了洗碗。

嘩嘩的洗著碗盤，她突然有點恍惚。有種奇特的香氣和幾乎聽不見的喃喃讓她的眼皮漸漸沉重，覺得輕飄飄的，像是身體失去了重量……

「翡翠！」上邪一把抓住她，「妳差點出竅了！」

猛然驚醒，她愣愣的看著水流嘩啦啦的水槽，「怎麼了……？」

「……有人類在召喚我。」上邪抵禦著召喚咒語，「奇怪，還有人記得召喚我的方法？」

他在考慮要不要去。他來到人間的方法就是應召喚而來的，只是召喚他的人類能力不足，死了，所以他才滯留在人間，沒有回去。

人間好玩多了。人類是種好玩具、好獵物，並不如外表看起來那麼柔弱。他吃人、或者被人類殺死，這種死亡遊戲讓他樂此不疲。

雖然他因為一時大意被拘禁了千年之久，他仍然覺得人間比較有趣。現在又認識翡翠了。

不過，暌違已久的家鄉……透過召喚的儀式，他是有機會回去看看的。

但，他有什麼非回去不可的理由嗎？沒有的。他最想留下的，就是翡翠的家。

「不要理她。」這種程度的召喚只是煩人而已，「我們去買菜吧，冰箱的菜快沒了……」

上邪可以置之不理，深受妖氣影響的翡翠卻不行。

這聽不見的喃喃日夜困擾著她，讓她恍恍惚惚的。有時候白天寫稿寫著寫著，等清醒過來，發現自己打滿了一整面的「上邪！吾欲與君相知，長命無絕衰……」一遍遍的，重複著相同的古詩。

望了望看卡通正入迷的上邪，決定不告訴他。這沒什麼大不了的……大概是自己的精神太脆弱。上邪不是說別理她就好了嗎？

這種侵擾是隱約的、無形的，直到上邪飛馳到半空中接住從二十四樓跳下來的她，被獵獵的風吹著，緊緊的抱著上邪，她害怕得指甲都掐入上邪的背裡。

「可惱啊……」上邪的鼻子獰出怒紋，「卑賤的人類用低級的召喚險些害死妳！我非殺了她不可……為什麼不跟我講？妳這笨母猴子！」

牙齒打顫了半天，翡翠才勉強擠出一句話：「……別殺人。」

「笨蛋！」想把她從陽台塞回去，翡翠緊緊的抓住他不肯下去。

「你要去哪？我也要去！」她隱隱約約感覺得到上邪發狂的怒氣，不能殺人的……這是居留的條件之一呀。「我跟你去！我不管，我也要去！」

被她纏得沒辦法，「……抓緊。妳幹嘛要跟我作對……妳就不能聽話一點？吵死人的母猴子……」

騎在上邪的背上，她不斷的祈禱，閉著眼睛不敢往下看。連飛機都不敢坐了，更何況這樣被風拚命吹的「妖怪飛機」？天啊，真的是好可怕……

發現上邪猛然一頓，她眼睛閉得更緊，抖得更厲害。該不會是「墜機」了吧？

「下來。」上邪的頭髮被她揪得死痛，無可奈何的，「到了啦！妳想把我的頭髮拔光是不是？就叫妳不要跟來了……」

僵硬的將十指一根根的鬆開來，落地踉蹌了一下。天啊……她還活著欸。老天爺對她實在太好了……

「……這裡？」她瞠目了，這不是很有名的高級別墅區嗎？最早有社區公車那個。住在這裡的不是達官就是貴人，要不然就是藝術家或出名的作家。

這種地方怎麼會有人使用古老到失傳的召喚？

上邪很大方的穿過大門，從裡面打開門鎖，招手要翡翠進來。

哇塞……好豪華的房子啊。比雜誌上的華宅還豪華多了，簡直像是電影布景嘛。她驚歎的抬頭看著美麗華麗的水晶燈，東張西望的看著宛如博物館的擺設，好幾次沒留意腳下，險些摔倒。

「妳劉姥姥進大觀園啊？」上邪沒好氣，「真沒見識，這種破小屋子就唬住妳了。趕緊把稿趕一趕啦，等妳有時間，我帶妳去看看真正的豪宅。」

「我沒錢。」翡翠扁了扁眼睛。

「呿，妖怪旅遊還需要錢？沒見識……」

「我不要搭『妖怪飛機』。要搭就要搭頭等艙啊～不然我會暈機。而且我要住五星級飯店……全套SPA的那種。」

「妳知不知道什麼叫做『歪嘴雞還想吃好米』？」上邪瞪了她一眼。

奇怪他們說話這麼響，屋主卻沒有出現。爬上美麗的旋轉梯，一直到閣樓，記憶裡令人昏昏欲睡的香氣撲鼻而來。

身穿黑衣的女子，專注的伏在祭壇前，喃喃的唸著祭文，手裡抓著一隻被捆著的雞。她抬頭，美麗的臉上有著扭曲的殺氣，翡翠得摀住自己的嘴才不叫出來。

……這張臉孔家喻戶曉，打開電視就看得到了。是……她？這種大明星為啥要召喚上邪？

不過，等她拿起尖利的刀子，俐落的砍斷活生生的雞頭時，摀著嘴還是叫了出來。

上邪敲了一下她的頭，將她塞到身後去。真是笨……誰知道這個怪女人有沒有門道，叫什麼叫啊……

「誰?!」斷頭的雞還在她手裡掙扎，幾滴鮮血濺在召喚者美麗的雪頰上，看起來有種鬼氣森森。

「妳不是召喚我嗎？女人。」上邪低伏著，銀白的毛髮在黯淡中閃爍著冷冷的光。

她扭曲的臉漸漸的轉成驚愕，然後狂喜，「你來了……大人，上邪大人！你終於應我的召喚而來了！請你容許我服侍你，足以毀天滅地的妖神啊……請容許卑賤的我成為你的巫女……」

「妳怎麼知道召喚我的方式？」上邪瞇細眼睛，他不記得在這個小島上應過召喚。

「我的祖先曾經服侍過你。」美麗的她興奮得雙手發抖，顫顫的拿起一卷古老到要粉碎的舊紙卷，「大人……我甘心成為您的巫女，任您驅策！您要我做什麼我都會去做的……我知道您以人為食，您要吃多少人我都會去張羅！只要您答應讓我成為您的巫女……我的身與心，一切的一切，都是您的！」

……不會吧？躲在上邪背後的翡翠變了顏色。怎麼會有這種人啊？拿自己的同類獻祭？夠了喔……

上邪朝後踹了翡翠一腳，要她安靜。「妳想要什麼？怎樣的願望讓妳不惜犧牲同類？」

「……我要永遠的美麗。」美麗的臉孔扭曲起來，「我要永遠的青春！這對您來說很簡單吧？您看看我，看看我！」她激動的指著眼角，「這幾條該死的皺紋不肯走啊！我已經什麼都不敢吃了，我的腰居然該死的多了一吋！我受不了這個，我受不了！我願意用所有的代價來換取美麗和青春！求求您，偉大的妖魔……成全我卑賤的願望吧！」

「的確是很卑賤的願望。」上邪看著她，眼中無數的嘲弄，「青春和美麗對女性的意義為何？不過是為了求偶罷了。用纖瘦的身體偽裝成少女，美麗的外貌對異性誇飾……意義不過是這樣而已。妳為了這種盲目的意義願意犧牲一切？不覺得扭曲了身為人類的意義嗎？我看妳也無法繁衍任何後代……青春和美麗對妳根本是裝飾而已。」他笑了起來，「我果然不懂人類。」

「你說什麼我不懂！」美女發怒起來的臉，實在是很可怕的。她咬牙切齒了一會兒，低頭平復，再抬起頭又是滿臉楚楚可憐，「你要拒絕我嗎？不要這樣……我得到永遠的美麗，你有源源不絕的食物，各取所需，不好嗎？我會供應你最奢華的生活……甚至我整個人……」她妖媚的靠近上邪，解著胸前的釦子，「都可以是你的……」

「別靠近我，卑賤的人類。」上邪的眼光森冷起來，「妳的要求，我拒絕。」

「……你怎麼可以拒絕我的召喚！」杏眼圓睜，她怒吼起來，「我的儀式完美無缺，而且我熬過去了！我沒死！你不應該、不可以拒絕我的！」

「因為，我已經先接受別人的召喚了。」上邪獰笑著從身後抓出翡翠，保護的將她抱在懷裡，「我已經先應了翡翠的召喚了。」

咦？翡翠指著自己鼻子，我嗎？我什麼時候……

「這個又老又胖又醜的臭女人……有哪一點比我好?!」美女發怒得幾乎要抓狂，「你選她不選我?!」

喂喂，就算實話妳也不要這麼直接……

「我就是喜歡她不喜歡妳。解約很簡單，但是我不想解。」上邪惡意的拍拍翡翠的頭，「妳不知道妖怪的眼光裡，美不美女沒有意義嗎？在我看起來，妳們都是相同的沒毛猴子，我個人比較喜歡這隻，肥肥的，抱起來滿好的。」

「什麼叫做肥肥的抱起來滿好的?!還不是你拚命煮一堆把我餵得不成人形……」翡翠對著他吼。

上邪沒理她，「而且，她的感情聞嗅起來，比妳美味多了。妳的心帶著惡臭，連最好的香水都掩蓋不住。」

「你侮辱我……你居然這樣侮辱我！」美女撲了過來，翡翠尖叫，「上邪不要！」

上邪沒有動，翡翠抬頭，看見他頸上不知道什麼時候多了條鎖鏈。

「你逃不了的。是不是覺得全身沒有力氣？」美女歇斯底里的笑了起來，一把揪住翡翠的頭髮，「剛好我拿你的前任女巫獻祭，我就殺了她讓你吃……」

「可笑的把戲。」上邪望了美女一眼，就讓她飛了出去，厭煩的扯斷頸上的鎖鏈像是麵條糊的，「妳拿鎖龍用的鎖鏈想鎖住我？會不會想得多了點？」

摸摸翡翠的頭髮，「痛不痛？」

她呆呆的點點頭，又搖搖頭。

「妳傷害我的巫女……這個罪是很大的……」他銀白的長髮在空中飛舞，啪啦啦的宛如有電光一般。

好不容易爬起來的美女驚恐的看著他的逼近……

「上邪不要！」翡翠尖叫起來。

一陣閃光過去，劈哩啪拉的捲起狂風。等塵埃落定，整個閣樓像是被炸彈轟炸過一樣，美女倒在地上動也不動。

翡翠緊張的拿出手機，「救護車！快叫救護車！糟糕，是九一一還是一一九啊？」

「她又沒死。」上邪扁扁眼，從廢墟中撿起舊紙卷，輕輕一握就化成粉末。「好了，沒事了，收工。」

翡翠還是提心弔膽的探了探，確定美女的心跳呼吸都穩定，才驚魂未定的離開。

「……我們搭計程車好不好？」還得「飛」回去嗎？她有點想哭。

「不好。」上邪一把把她摔到背上，「抓緊。」就很瀟灑的「起飛」了。

哇啊啊啊～我有懼高症～

回到家，上邪恢復常態，天天拿著鍋鏟看美食節目。

天天和她打架吵架的上邪……原來是這麼厲害的妖魔。她在螢幕前發呆，Word還是空白一片。

顧不得會被編編追殺，她蹲在上邪身邊觀察了一會兒，用食指戳戳他毛茸茸的臉頰。

「幹嘛啦！」上邪趕蒼蠅似的揮揮手，專注的抄筆記，「別吵我。」

翡翠乾脆把電視關了，上邪跳了起來，「喂～～」

「……其實你可以把我打倒在地，我也沒有能力反抗的。」翡翠專注的看著他。

「我沒事把妳打倒在地幹嘛？妳神經喔？」他要搶回遙控器，翡翠卻藏到背後。

「我想跟你聊天。」

這母猴子是哪根神經不對？上邪狐疑的看她一眼，考慮了一下。算了，美食節目會重播。「想說啥？妳幹嘛陰陽怪氣的？」

「你怎麼不要應她的召喚？她很漂亮欸，台灣第一美女……」

「那層皮漂不漂亮，吃起來味道都差不多……喂！妳幹嘛打我？我反對暴力的！」

上邪搗著頭對她怒目。

你反對暴力……翡翠扁眼看他。「跟她有什麼不好？她也只是想要年輕漂亮。這是每個女人的願望啊。而且她會讓你過很舒服的生活，你就不用拿鍋鏟了……」

「我喜歡拿鍋鏟，妳咬我？」上邪偏頭看她，「妳幹嘛？寫稿寫到起笑了？突然講這個？我就是討厭她，不想待在她那充滿惡臭的家裡。」

「你可以把她導入正途啊。反正你說啥她都會聽的。大家都是女人，我很了解她那種恐慌……我從來不是美女，老就老，還好啦。但是一個美女要活生生的看自己變老，實在是很殘酷的處罰……」

「妳看我是心靈導師的料嗎？」上邪沒好氣。

「我看你跟她討論青春和美麗的意義，有模有樣的。」翡翠承認，「我沒想到你還真的想得滿深的……」

「唷，妳看過哪個神棍不是滿口大道理的？」上邪扁眼敲她的頭，「妳以為當『神』那麼簡單唷？當然要說一堆漂亮話唬住人啊。我好歹也被拜了很久好不好？怎樣？妳也想要青春美麗？早說嘛！這只要一點點幻術……妳媽都認不出妳來。」

「我變漂亮給鬼看啊？」翡翠瞪他，「電腦又不管我漂不漂亮。只有電腦會看我。」

「我在看啊。」上邪瞪回去，「喂，我沒眼睛的啊？不過人類的美醜沒啥意義就是了。都是一群會走路的食物……我想妳也不關心雞長得好不好看。每隻雞看起來都差不多咩。」

雞？翡翠惡狠狠的踹他一腳，「啥䀹？我在你眼中只是一隻雞？」

「妳踹我?!我就跟妳說我反對暴力！」

一人一妖扭打成一團，氣喘吁吁的靠在一起。

「……我有召喚你嗎？」靠在他軟綿綿的毛皮上面，真的很舒服。

「有啊。」上邪把她抱在懷裡，趁機拿走遙控器，「我們第一次見面，我不是跟妳說了名字，妳就唸了咒語嗎？」

「……那是大家都知道的古詩吧？這樣儀式應該沒有完全……」

「妳管我？我說完全就完全。」太好了，節目還沒結束，「喂，妳到底一章要寫多久？滾去寫功課啦！我等妳一起去買菜，等到現在欸！」

很準確的把她丟到椅子上，力道剛剛好，「快寫！我想去買生魚片。這個季節的鮪魚最讚了。」

「喂！我不要吃這麼奢華的食物，很貴欸！」翡翠氣急敗壞的抗議。

「安啦，那個老闆娘會賣我便宜的。趕快寫啦！」

「我討厭你這樣出賣色相。」翡翠碎唸著，「不要吃那麼貴的東西不就好了？討厭……」

如果他應了大明星的召喚，就不用跟自己過這種斤斤計較的苦日子了。呆望著電腦一會兒，她開始勤奮的寫了起來。

上邪瞪了她背後一眼，決定不說話。讓她知道又偷看她的心聲，一定又會呱呱叫。

笨喔……要怎樣的奢華生活要不到？想要召喚他的人那麼多。人類的欲望無窮無盡，帶著強烈的惡臭，在這個都市，和每個都市蔓延著。

只有她這裡是淨土。他也只想留在這裡。

她是傻瓜，不知道召喚的意義。召喚是種神祕的儀式，除了看得到的咒語和陣仗，還有種難解的默契。

不是誰召喚他都可以成功的。勉強要找出相類似的行為……或許因為戀愛而結婚比較類似一點。

互相吸引而立下血誓，直到一方死亡才終止契約。

他不想跟其他人類立下任何契約，就算是暫時的也不要。他是妖怪，沒有人類那種囉唆的欲望，所以可以很誠實的選擇被召喚的對象。

翡翠不要他吃人，他就不吃。很簡單的道理。唯一的食欲可以克制的，只要翡翠還活著。

有點好笑……或許吧。就像是人類無意的寵愛了一隻家禽，就不會想吃其他家禽吧？

他的歲月無窮無盡，但是翡翠的壽命卻很短暫。

想到這個，從來沒有牽掛的他，心裡卻滲入了一些些惶恐。而這種惶恐越來越擴大，常常占據了他的心裡。

睡到半夜，翡翠突然被搖醒，「唔？」她迷迷糊糊的張開眼睛，「你不睡覺吵啥？」

「妖怪不用睡覺。」上邪怔怔的望著她，「喂，妳死了以後，靈魂也跟我好不好？」

「啥瞇？」她望望鐘，讚，半夜三點半。這隻妖怪在想啥？「……那還好幾十年吧？」

「跟我啦！我會把妳裝到瓶子裡，好好的保護……」

聽起來很像標本……「要不要泡福馬林？」翡翠渴睡得要死，「好啦好啦，你不嫌煩我就跟著你，反正死了不用賺錢，換你養我好了……」她用力的在上邪柔軟的毛皮上蹭兩下，睡熟了。

人類的誓言很不可靠……他活了這麼長久的時間，怎麼會不知道？但是……他卻為了翡翠的允諾，這樣的快樂。快樂到可以睡熟。

月光寧靜的照了進來，公平的照著翡翠的睡臉，也閃爍了上邪光滑銀白的毛髮。一切生物，在月光之下，都是平等的。

第六章 她的眼睛很美麗

被這樣美麗的眼睛注視，任何人都會心跳加速的。翡翠覺得自己的心跳已經飆過自強號的速度了，突然有點後悔不該出來應門的。

房租已經交過了，誰來按電鈴她都該裝死的……

「呃……有什麼事情嗎？」這麼冷的天，她還滿頭大汗，「親愛的編編，我想我拖稿不是最嚴重的吧？我知道小綠綠比我拖得還嚴重，妳該先去她家看看才對。她家很漂亮喔，而且她煮的小點心很好吃……」

小綠綠，請原諒我。她在心裡偷偷地畫十字懺悔。我不是故意拖妳下水的……只是編編的奪命連環催稿太恐怖了，所謂死道友不死貧道……

美女編編鐵青著臉看她，美麗的眼睛看起來殺氣騰騰。「……我就是喜歡來察看妳的進度，怎麼樣？快讓我進去。」

可不可以說不要？她的進度還停在第一章的第一行，距離交稿日已經過了三天了。

美女編編看她石化了，乾脆推開她跨進大門。

咦？她沒有被彈出去？翡翠抬頭看看上邪下的禁制，應該還在呀?!

所以說……美女編編不是「移民」？

翡翠驚跳了起來，要死了，上邪還在她房裡看漫畫……「等一下！」她趕緊攔住編編，「呃……我房間很亂……給我一點時間，一點點就好了，編編妳先在客廳坐一下……」

她火速衝進房間，把上邪拖起來，拚命的往衣櫃塞。

「妳幹什麼?!」上邪被她推得火大，「我為什麼要去衣櫃？喂！」

「編輯來了……拜託你躲一下啦！她看到你一定會昏倒的……」

「我變成人不就好了？」上邪很不耐煩，「變成人總不會昏倒吧？」

「讓編編知道我跟『美少年』同居?!賣鬧啊~她們編輯部的都很保守，我會被唸到耳朵出油啊！快給我進去！」

一人一妖誓死抵抗了半天，彼此怒目而視。

為什麼他不聽話?!偏偏自己的力氣實在比不過上邪……

「要不然這樣好了，你變成一隻小貓？」翡翠退了一步，「這樣大概也可以唬爛過去……」

上邪心不甘情不願的變了，翡翠知道他真的盡力了……

「……你會不會覺得這隻貓大得有點不尋常？」就算是老虎也沒這麼大吧？

「妳真的很煩欸！」上邪恢復原狀，「不變了！就這樣。她要昏倒也是她家的事情……」

「我不會昏倒的。」美女編編無奈的聲音在門口響起，正跟上邪扭打成一團的翡翠覺得分外的狼狽。

「……編編，我可以解釋……」但是該解釋什麼呀？她努力的搜索枯腸，這才發現唬爛是件高深的學問。

「妳是怎麼進來的？」上邪危險的瞇細眼睛，「妳不該來這裡。我已經下了禁制。」

美女編編揉揉僵硬的頸項，「上邪大人，我姓管。」

上邪定定的看著她，「狐妖管家？專破禁制和封印的那一族？」仔細看了她一會兒，「妳是管九娘?!」

「是，我就是。」美女編編嘆了很長的一口氣。

翡翠瞠目結舌的看了她好一會兒，美女編編無奈的解釋，「我知道妳一定很難接受這個事實……是的，我也是『移民』……」

「不是那個，」翡翠心不在焉的揮揮手，「編編，我第一次知道妳的名字欸。管九娘？好古典啊……」

管九娘怔怔的看著這個神經很大條的小作家，「……我當妳的編輯這麼久，妳現在才知道？第一次見面我就給過妳名片啊！」

「……年久月深，我名片不知道塞哪去了……」翡翠心虛的回答。

……那她還叮嚀翡翠別讓舒祈知道自己名字做啥？她連自己的名字都不曉得。

「妳去死吧。」管九娘快氣死了。

「不好意思，我家翡翠的腦細胞不太健全……」上邪無奈的拍拍翡翠的腦袋。

「當她這麼久的編輯，這個事實我早就知道了！」管九娘扶了扶額頭。

「喂！你們不要同意的這麼一致好不好?!我也只是有人名健忘症，這難道不能被原諒嗎？喂～」

兩隻妖怪很一致的賞她兩個白眼。

「有什麼事情？」上邪很跩的靠在床上坐著，「小小狐妖也敢踏到我的家門破壞我的禁制？妳不知道這樣可能會觸怒我？」

「是我的家門。」翡翠虛弱的抗議，但是誰也不理她。

「上邪大人……若不是託賴有過一面之緣，我真的不敢來打擾您……」九娘長長的嘆氣，她今天嘆氣嘆得很頻繁，「或許您不記得了，那時我還是個孩子……」

「我記得。」上邪趕緊打斷她，「別提那些了，到底有什麼事情？」

九娘望望翡翠，又望望上邪，心裡偷偷地笑了起來。大概她掌握到上邪一個遙遠的弱點了。

「上邪大人，是這樣的。你知道狐妖每千年都要躲九雷之災。我已經躲過了……事實上，雷神要找我麻煩，還得千年之後。」

「哦？妳已經兩千歲了？時間過得真快啊。當年的小女孩現在也長大了……」

這種寒暄聽得翡翠有點頭暈。兩千歲才算長大……時髦美麗的管編編居然是狐狸精……太超現實了。她好像踏入了聊齋的世界，只是背景成了現代版。

她如果去找精神科大夫，大概會被當成精神分裂關起來。

「剛滿兩千歲不久。」九娘愁眉，「但是我的九雷之災卻躲了五次。」

正在喝茶的上邪頓了一下，「……五次？這不正常。天界跟妖界的協定不是這樣的吧？」

九娘無可奈何的攤攤手，「我也知道不正常。但是有個雷神就是死盯著我，逮到機會就對著我劈雷……」她頭痛的抱怨起來，「老天，我已經拋棄身為狐族的自尊了，現在都過著修女般的生活了！連跟男人約會都沒有欸！反正這個都市充滿了魅惑的氣息，也夠我生活下去了。潔身自愛到這種地步，那個違反天律被革職的雷神還跟蹤著我，我的精神都快崩潰了……」

妖怪也有神族的跟蹤狂啊……翡翠呆笑著，低頭抄著筆記。這個題材拿來寫小說不錯。

「就是跟著？」上邪不太起勁，「只要妳沒把柄給他抓到，我想他也拿妳沒辦法。」

「人有錯手，馬有失蹄嘛……」九娘心虛的回答，「總是有意外的時候……」

「哦？妳把男人拐上床，吸乾他的精氣？」上邪打起呵欠。

「沒有啦！」九娘大聲的抗議起來，「只是接吻而已啊……」

「然後趁機吸乾他的精氣？」上邪掏掏耳朵。

「也沒有！是他自己要把精氣灌過來的，我也只是意思意思的收一些下來……那個男人又沒死，休息個幾天就好了啊。但是那個雷神就追著我死劈雷。狐妖那麼多，他要維護世界和平，幹嘛不去找別人麻煩？別的狐妖還開應召站，他倒是都不管的，就抓著我不放！」

「聽起來……」翡翠從筆記裡抬頭，「那個雷神愛上妳了？」

「看到鬼！」九娘破口大罵，「妳寫小說寫壞腦子了？哪個神經病會這樣表達愛意？」

「編編，這題材不錯欸，讓我當下一本的大綱好不好？」翡翠精神為之一振。

「不好！」九娘凶她，「妳把別人的災難當啥啊？妳趕快去寫稿！妳拖稿多久了？想挨揍啊!?快去寫！」

翡翠垂頭喪氣的回到電腦桌前，繼續對著空白的Word發呆。

「這種事情我幫不了妳。」上邪懶洋洋的吃著小餅乾，「我看妳去找舒祈那女人比較快。她跟三界關係都好，天界跟我沒交情……」要為了一隻小妖狐殺雷神？太費手腳了，他懶。

如果是翡翠遇到這種鳥事，他一定把那雷神挫骨揚灰。但是管九娘又不是翡翠。

「……能找舒祈，我會來麻煩您嗎？」她愁眉，美麗的狐眼轉了轉，「您也看在曾到我母親的仙家居作客的份上……我母親對您可是……」

「停停停停停！」上邪漲紅著臉打斷她，「……妳這該死的狐狸精。」

「仙家居？那是什麼地方？」翡翠好奇的拿出筆記。

「呿，妳不寫稿偷聽我們說話？去去去，快去寫！」上邪像是在趕雞一樣拚命揮手，壓低聲音的咬牙切齒，「管九娘……」

她眨著美麗的狐眼，無辜的看著他。

狼狽的拔下幾根銀白的頭髮，幻化成精緻美麗的項鍊。「拿去！先給妳防身……我找機會跟雷神『談談』。」

滿意的接過項鍊，九娘笑眯了眼睛，「謝謝您哪，上邪大人。您放心，我不會把仙家居的事情……」

「快滾！」上邪沉不住氣，「我可不是只會吃人，狐妖的味道也不錯的！」

等美女編編腳步輕快的離開了，翡翠狐疑的看著他，「你幹嘛發火？」

「我只是覺得麻煩而已。」他不大自然的咕噥幾聲，「寫妳的稿啦！囉唆……」

會不會殺了管九娘滅口比較簡單點？但是那個該死的狐狸精不知道還有什麼把戲……

真是倒楣的一天啊。

＊　　＊　　＊

要找到雷神是很簡單的事情。

只要跟著管九娘，就可以找到雷神了。他總是鐵青著臉，遠遠的、忿恨的跟著管九娘。

管九娘走進辦公大樓，雷神就到對街的咖啡廳等著。

「這種表達愛意的方法會不會有點蠢？」上邪坐在他對面半天，雷神居然一無所覺，直到上邪開口，他才驚跳起來。

「……妖怪。」雷神勃然大怒，「滿口胡說八道些什麼?!」雷光閃爍，照亮了整個咖啡廳，他憤怒的一擊想把一切都化成灰燼。

化成人身的上邪只是拍拍頭上的灰塵，咖啡廳的客人依舊談笑風生，一點都沒有發現有任何異樣。

他……這個妖怪……居然可以擋住他的雷擊，甚至設下堅固的結界。

「知道我們實力相差有多懸殊了吧？」上邪好整以暇的喝了口冰咖啡，又吐了出來，「……老天，這麼難喝的飲料是怎麼做出來的？洗碗水都比這個好。」

雷神狼狽的逃到半空中，他已經什麼都沒有了……被革職、被天界放逐……這條命原本也不值得可惜。

但是……他還想看見管九娘……然後讓她死在自己手裡。

都是那雙該死的眼睛害的！讓他日日夜夜，就只能想著那對眼睛……都是那雙眼睛讓他破壞了天律，才會遭致放逐的命運。

一切都是她，都是她！通通都是她害的！

非親手殺了她不可……

「我就最討厭紅顏禍水這種說法。」恢復了真身的上邪懶洋洋的讀了他的心，「男人自己白痴，把罪過都推在女人身上。沒想到堂堂一個雷神也墮落到跟人類一樣的卑鄙。」

雷神怒吼著，晴朗的冬天響起陣陣的雷，人類古怪的望向天空。當然他們什麼也沒看到，所以也看不到善使雷的雷神，讓同樣使用雷術的上邪劈焦了一半。

意識漸漸模糊的雷神知道自己難逃此劫了，堅固的執念讓他運起所有的力氣，衝向辦公大樓，要死，也得帶著管九娘一起走……

滿身焦黑的暴徒衝進辦公室，編輯部的女生都尖叫了起來，管九娘蒼白著臉，看著雷神忿恨的利爪幾乎劃開她的喉嚨……

項鍊閃爍，像是千百萬瓦的雷電貫穿了垂死的雷神，讓他絕望的慘叫之後，伏在地上動也不動。

「叫警察！快，叫警察！」整個辦公室騷動不已，有的哭，有的叫，九娘僵在椅子上，望著這個執著可恨的宿敵。

她只要再施一點點力量……只要一點點……誰也看不出來……這個該死的傢伙就會死透了……

就是遲疑了一下。她也不知道自己為什麼遲疑。身為狐妖，她比人類更明白愛恨之執。雖然她不曾真正的愛戀，但是……她同情。

這種氾濫的同情心給她帶來很多麻煩，但這是本性，沒辦法。

混亂中，化成美少年的上邪觀察了她一會兒，「妳不殺他？」

「……下不了手。」

上邪發現，自己居然也下不了手。為什麼呢？若是翡翠有一天也怨恨他、害怕他、遠離他……

他會不會是另一個雷神？

「我在人間待太久了……」上邪喃喃著，「心腸也被無聊的情感腐蝕了。」

扛起雷神，他跟來時一樣宛如一陣清風，無所尋蹤。

* * *

「……你帶流浪動物回來，我可能不會說什麼……」翡翠瞪大眼睛，「但是你帶一隻烤成八分熟的『人』……」

「他有翅膀。」上邪不太耐煩的抓著雷神的翅膀拖進房間，「那個會冒白泡泡痛死人的玩意兒……」

「雙氧水。天啊，我把雙氧水收到哪去了……」翡翠開始翻箱倒櫃，「唔，找到了。但是他傷得這麼重……是不是送醫院比較好？」

「……我想獸醫不收吧？」上邪扁扁眼，「你看過收妖怪或神仙的醫院嗎？」

「……找師公？」翡翠不太有把握的回答。搔了搔頭，還是決定盡人事聽天命。不過翡翠的好心腸倒是良藥一帖，沒多久，雷神就呻吟著醒過來。

「……讓我死。」他睜開眼睛，絕望的說了這句。

「呿，堂堂雷神跟人類一樣軟弱無聊。」上邪嗤之以鼻，「要死不會去撞火車？」

這隻就是雷神喔……翡翠驚奇的打量他，雖然烤成八分熟，面目還是挺英俊的……

「人間也不錯啊。」她很熱心的推薦，「雷神先生，你長得這麼好看，體格又這麼讚，當明星一定會名利雙收的。幹嘛想不開呢？跟你說喔，女生是不會喜歡跟蹤狂的。

很可怕欸！你如果想追美女編編，還是先跟她約會再說……」

「愚蠢的人類閉嘴！」雷神發怒了，「神妖不兩立，我怎麼可能……可能愛上那個低賤的妖怪！」

「你才給我閉嘴！」上邪也生氣了，「你凶我們翡翠幹什麼？翡翠不要理他，等等我就把他扔出去……」

「兩位男士冷靜一點……」翡翠搔搔臉頰，「這個……上邪，不要跟傷患生氣嘛。我煮點東西大家吃好了。肚子餓大家心情都不好……」

留下一妖一神怒目而視。

「不要你愛上卑賤的人類，就以為我會愛上低賤的妖怪！」雷神冷笑，「愚蠢，愚蠢！你堂堂這樣妖力強大的妖魔，居然會愛上自己的食物？這跟人類愛上一隻雞有什麼兩樣？都是病態！」

「關你什麼事情，又關別人什麼事情？我妨礙了誰？」上邪同樣冷笑，「我照我的心意去過日子，用不著別人或自己設框框。高高在上的神祇……」他嘲笑起來，「你堅持無聊的自尊又得到什麼？我和翡翠在一起是多麼愉快……你呢？你可有過一秒愉快的時光？」

雷神愣了一下，垂下了雙肩，「……我是尊貴的神祇。你們都是賤物而已。」

「但是賤物卻有雙美麗的眼睛，讓你著了魔。」上邪殘忍的說破了他無法訴說的最深處。

他沒辦法說話。只是怔怔的，怔怔的望著虛空。

「……她的眼睛……太美麗。」

然後陷入長長的，無語的沉默。

等翡翠滿頭大汗的端了鹹稀飯進來，發現只有上邪望著冷冽的夜空。

「人勒？我是說……雷神勒？」

「走了。」上邪接過那鍋鹹稀飯，盛了一碗，「哇勒，妳煮飯還是這麼難吃，我看還是我煮好了。妳這樣能嫁得出去嗎？」

「我都三十六歲了，嫁鬼啊?!」翡翠沒好氣的瞪他一眼，「吃！我努力煮半天欸。你也知道我十指不沾陽春水……」

上邪埋怨難吃，卻吃了三大碗。

「……妳的眼睛也不怎麼美麗。」瞅著她半天，上邪吐出一句話。

「你可以不要看。」翡翠瞪了他一眼。

問題是……他也只想看這雙眼睛啊。或許愛慕管九娘那樣美豔的生物也不錯，但是……他覺得，翡翠的眼睛，也就夠美麗了。

* * *

「到底仙家居是什麼地方啊？」翡翠翻著筆記，好奇的問上邪。

「……就沒什麼啊。」上邪不太自然的回答，「吃飯喝酒的地方。以前管九娘他媽媽開的酒館……寫妳的稿啦，問那麼多沒用的幹嘛？」

酒館幹嘛吞吞吐吐的？翡翠不死心，打電話問管九娘，她卻笑而不答。

怎麼可以告訴她「仙家居」是「粉味」的？這可是她手裡的一張王牌，將來要拜託上邪任何事情，拿出來亮一亮就夠了。

想想也真是好笑，堂堂震動天地的大妖魔，居然怕同居的人類女子知道他千百年前去過酒家流連。

這種心思，真可愛。

午休吃飯看電視，放下那些傷眼睛的稿子，真是偷得浮生半日閒……

一口紅茶差點噴在電視上面，狼狽的擦桌子，瞪大眼睛看著螢光幕上的「偶像」。

主持人不斷的盛讚這位冷冰冰的偶像有一雙十萬伏特的電眼……

這不是廢話嗎？他是管打雷的雷神啊!!

「請問你有心儀的對象嗎？」主持人被電得暈頭轉向，滿頭冒小花小愛心。

「當然有。我會進入演藝圈，就是為了希望她看見。」深情款款的從螢光幕望過來，「管，我想通了。我愛妳。」

九娘無力的趴在桌子上，當初應該賞他個痛快的。

這是寒冷的過年前，一個詭異的，「移民」間的愛情（？）故事。

第七章 舌尖的一點苦味夾著甜蜜

遲疑了很久，翡翠還是按了電鈴。

這次穿門探頭出來的得慕沒有嚇著她——這種心境下可能什麼也嚇不著她了。

「翡翠？」得慕睜圓了她可愛的大眼睛，「……妳的氣色真糟。妳來找舒祈嗎？」

她勉強的拉拉嘴角，「嗯……有點私人的事情想找她。」

舒祈和翡翠打了個照面，見多識廣的她心裡有點底，「進來坐吧。妳需要喝點熱的東西。」

翡翠遲疑了一會兒，垂著雙肩跟著舒祈入門。

舒祈遞給她一馬克杯的熱可可，「喝吧。先喝點，有什麼事情，慢慢告訴我。」

她慢慢的喝完那杯熱可可，尋思著要怎麼開口比較理想。

「想說什麼就直說。我們年紀相當，遇到的困難也差不多。只要我幫得上忙，我會盡量的。」舒祈淡淡的，聽在她的耳裡卻讓她眼眶發熱。

「……請問，妳缺不缺幫手？」翡翠艱難的問，兩頰難堪的紅了，「……我會打字……不過只會這個。我看妳工作很趕……說不定……」

「……打字的酬勞很低的。」舒祈考慮了一會兒，「每千字只有五六十欸。我的確是有些小零工……但是妳不是在寫作嗎？我相信酬勞遠高於這個。」

翡翠低頭不語，好一會兒才說，「……我會用最快的速度交件。但是……能不能、能不能我交件的時候……就、就……」

「妳需要現金是嗎？」舒祈也跟著沉默，「我現在手頭也有點緊……但是幾千塊的話，我幫得上忙。」

「……很夠了。」她羞赧的不敢看舒祈，「對不起……我不知道該去跟誰求助……我們等於是陌生人，但是……我誰也不認識，我……」

「妳如果想哭，就哭一下好了。」舒祈無聲的嘆口氣，「哭一下妳會比較舒服一點。」

「……我哭不出來。」握著猶有餘溫的馬克杯，她的心裡只有一片淒涼，「還有……」她欲言又止。

舒祈瞅著她一會兒，「妳不想讓上邪知道？」

翡翠用力的點頭，快要抑制不住鼻酸。

「他若知道，會盡力幫妳的……」

「我不想讓他為這些煩心。他做得夠多了。」用力的把哽咽嚥下，「而且……我不想依賴他。」

舒祈看著她，像是看到自己的另一個鏡影。

「誰都會離開。」她喟嘆，「妳是對的。」默默的抽出一大疊的手稿，「這個就麻煩妳了。」頓了頓，「不是非常趕，妳要寫稿，還要打這些……別把身體弄壞了。」

一個陌生人的關懷……簡直要崩潰她表面的堅強。

「還有這個。」舒祈翻了一下抽屜，找出一個皮製戒指，「戴著。我想上邪沒辦法讀妳的心了。最少他讀不到全部。」

低低的說了謝謝，翡翠抱著大疊的手稿，急急的走了。得慕擔心的跟了一會兒，回來說，「她握著臉哭著走出門了。為什麼呢？幹嘛不讓上邪知道？知道的話，上邪的本領那麼大……」

「再大也不是自己的本領。」舒祈望著自己皆有打字薄繭的十指，幾分驕傲，也有幾分滄桑，「到頭來，最可靠的不過是自己的一雙手。」

只要習慣了依賴，當失去倚靠時，好不容易架構起來的世界，就會崩塌了。

美好的戀情也不過是因為，彼此沒有利害關係。

有了利害關係，有了施與受，戀情就會漸漸計較得失、變質、腐化。

都是五年級的女生，大家的心裡，都有相同的一把滄桑。什麼樣的苦只有自己能吃下去，誰也不能、也不該，替自己扛一些。

因為一切無常。而越美好的戀情，越無常。

了解了被疼愛保護的滋味，失去的時候，就會以次方的倍數痛苦。嘗盡人生，她們太清楚。

「最可靠的，還是這雙手。」說完以後，舒祈沉默了一整天，一個字也沒再說。

* * *

翡翠變得非常沉默。上邪很擔心的看著她，卻讀不到她的心。

「妳跑去找那個女人，」他抱怨，「這樣我什麼也看不到……」

「你本來就不該偷看我在想什麼。」她十指忙碌的在鍵盤上飛舞，一面辨識著潦草的手稿。

「那妳告訴我，妳在想什麼啊。」上邪開始耍賴，「告訴我告訴我告訴我～妳愁眉苦臉是為了什麼？」

望著他認真擔心的臉，突然覺得這一切的辛苦都是值得的。「……別吵了，我告訴你好了。」她的笑容這樣憂愁卻美麗，讓她平凡的臉有著柔和的光，「我在想，要怎樣讓你過好日子。」

她已經二十個小時沒闔眼了，過度的焦慮連上邪都不能讓她入眠，冰冷的手指覆在發燙的眼皮上剛剛好。

她的笑容讓上邪獃住了，心頭像是猛猛的挨了一擊。他沒辦法解釋這種感覺……過好日子。

有人……就是有個笨女人……想讓他過好日子。

他不吵了，只是低下頭。安靜了好一會兒，走向廚房。他發現，根本沒辦法告訴翡翠什麼，就只能做菜吧。

他沒再抓蒼蠅蚊子，也沒弄得金光閃閃。翡翠累得連讚美都說不出來，他也不介意。翡翠這麼累是為了什麼呢？努力解讀，卻沒辦法破解舒祈的戒指。他什麼也看不到，覺得很無助。翡翠無聲的焦慮讓他也很煩躁。

不知道該怎麼辦，他花在買菜的錢越凶，越努力的想讓翡翠開心一點，卻發現翡翠吃著好菜的時候，笑容越來越勉強。

「……上邪，我們可不可以別吃這麼好？」翡翠艱難的開口，「我手頭有點兒緊……」

怔怔的望了她一會兒，「阿勒，妳沒錢為什麼不告訴我？我可以……」

「你變的偽鈔我不能用。」翡翠疲倦的揮揮手，舒祈給她的外快理論上是夠伙食費的……只要別吃得太奢華。「不用擔心這些，你已經做太多了，你休息一下……」

問題是出在伙食費上面嗎？上邪開始思考了起來。他知道翡翠的錢幾乎都拿去還債和養家，不過，她一個月寫兩本稿子，生活還能勉強對付。

難道這個月已經超出預算了嗎？還是出版社出了什麼問題？

他語氣很凶的撥電話給管九娘，但是管編編指天誓地，發誓她絕對沒有拖欠稿費。

那麼問題是出在哪裡？

妖怪從來不煩惱金錢的問題，所以翡翠的焦慮，他實在不是很了解。只要有錢就好了，對不對？

但是翡翠為什麼拿著存款簿發怒？多幾個零不好嗎？

「上邪！」她發起很大的脾氣，「你是怎麼弄的？這些錢哪來的？」

「這又不是很困難！」上邪叫了起來，「就是將別人存款的小數點後面幾位挪一點出來，轉到妳戶頭而已嘛。妳放心，沒人看得出來的……」

「這種錢是犯罪！一定抓得到，哪有抓不到的道理？你馬上給我轉回去！」翡翠突然又哭又叫，「我現在不是坐牢的時候！現在不行，不可以是現在啊……」

她崩潰的哭了很久很久，把上邪嚇得要死，抱著她似乎也無濟於事，他滿口答應馬上把帳都轉回去。

這是很龐大苛細的工作，但是他還是完成了。

翡翠的異樣讓他害怕極了，再苛細也得完成。她一定有事情不肯告訴他，該怎麼辦才好，他從來不曾煩惱過的心，也有了深深的憂愁了。

該去找誰商量？想了很久，他心不甘情不願的去找了舒祈。堂堂大妖要跟個人間女子低頭，實在是……

「請妳教我怎麼拿下翡翠的戒指。」硬著頭皮低聲下氣，「我很擔心她……」

「你不該未經同意就隨便讀取她的心。」舒祈拒絕了。

「但是我討厭這種感覺！好像被她趕出心裡！我討厭她什麼都不跟我講……只是自己在煩惱！人類這麼複雜，我搞不懂……」

舒祈望著這個焦慮的妖怪……他也學會焦慮了。有這種運氣嗎？她的鏡影……居然有這種運氣嗎？

「……你知道為什麼人間的妖怪都有個固定職業嗎？不管是正當不正當的職業……只要久居人間的，幾乎都會有份工作。你知道為什麼嗎？」

上邪偏頭想了想，似乎真的如此。「不知道。我只知道……被關了千年之後，人類變了，妖怪也變了。」

「因為妖怪居留在人間，就是另一種『移民』。人類多而妖怪少，你們要學著遵守人類的規範、人類的法律……這樣才可以和平相處，避免衝突。」舒祈心平氣和的望著他，「上邪君，你只是脫離人世太久。若是你真的想要好好對待翡翠，我建議你，開始融入人類的社會。而不是倚賴讀心的妖力。」

「我不想融入人類的社會。」上邪不耐煩的回答，「其他人類關我屁事？我只關心翡翠在煩惱什麼……」

「翡翠是人類。」舒祈笑笑，「心裡有很多傷痕的人類。她的一切，都跟其他人類息息相關。你想知道她煩惱些什麼，不妨試著去當一個人類。」

當一個脆弱、貪婪、沒有用又低賤的人類？有沒有搞錯啊？

他對舒祈的建議抱著非常懷疑的態度。

但是好像也沒有更好的辦法了……他半信半疑的，跑去要管九娘幫他找份工作。

管九娘瞪大眼睛，「……上邪大人，你要找工作？」她推窗看，奇怪，沒有下刀子啊？太陽也正常的從東邊出來。

「妳不幫我？沒關係，下次雷神……」

「好好好，我幫，我當然幫。朋友有難我當然兩肋插刀……」這種高失業率……這兩把刀真插得滿痛的。

＊　＊　＊

翡翠疲倦的從小睡裡驚醒過來，哎呀，她睡掉了四個小時！為什麼平常總是失眠，趕工的時候特別嗜睡呢？她幾乎哭出來，揉揉酸澀的眼睛繼續勤奮的趕稿。

上邪呢？

天色已經昏暗了，上邪去哪了？

她突然意識到，已經好幾個禮拜，上邪都早出晚歸。她相信上邪不會為惡……就是相信他。

其實上邪要出門，她是抱著深深的歉意的。她沒有時間陪上邪……想他是很悶的。出去走走也好……

龐大的壓力快壓垮了她，這種日子恐怕要持續很久很久……若是上邪厭了，要離開她，她也是沒有辦法的。

她沒有辦法。

每個人都會離開的。同林鳥大難來時也是各自飛，更何況是上邪。他是該過更好的日子。

「再也不能夠了……」她喃喃的趴在鍵盤上。突然想到，晴雯重病的時候補孔雀裘※的心情。

怎麼補也補不完……天就要亮，這件華美的袍子就要穿了。頭脹腦熱，喉如吞炭。補也補不完，永遠補不完……

她連落淚的力氣都沒有。

※出自紅樓夢第五十二回「勇晴雯病補雀金裘」，晴雯原為賈母丫鬟，後來被派去服侍寶玉，那時晴雯正染風寒，先前氣了一場又加重病症。而寶玉那天得了老太太送的一件孔雀金線織的華美外衣，卻不小心燒破了一孔，隔天是長輩的生日必須要穿，又只有晴雯會那界線縫補之法，只好咬牙熬夜，強勉織補。

「怎麼不開燈？妳幾時練就火眼金睛？」上邪不太高興的開燈，看她趴在鍵盤上，著慌了。「不舒服嗎？為什麼不說？怎麼了？就叫妳不要太辛苦，這麼大的人了，為什麼不會照料自己？我才出去幾個小時……」

上邪……還是回來了。

「餓了嗎？先吃甜點吧。我去煮飯……」他的衣角卻被翡翠攢住。

眼睛寫著大大的問號，化成美少年的他，有貓科動物的渾圓瞳孔。

「我不餓。」她抬起哭不出來的眼睛，「……可不可以……可不可以，抱我一下。」

埋在他的胸膛，翡翠哭了起來。終於哭得出來。

「啊妳什麼都不跟我說，我是能怎樣？笨母猴子……」他嘴裡還是罵，語氣卻這樣柔軟。

「……我不要你操這些心。你做得太多了。」她閉上眼睛，想要把這一刻牢牢的記住。將來分離的時候，起碼有些可以回憶。

雖然回憶好痛苦。

「……人類的事情，我是什麼也不知道的啊。」他有點不好意思的從口袋裡拿出一個紙袋，「我也不知道這樣算多還是算少。不過夠我們買很久很久的菜了……大概吧？」

裡面是一疊鈔票。雖然薄薄二十張，卻讓翡翠又驚又怒的抬起頭。

「欸，妳別罵我喔。這個是我去『上班』賺來的。跟人類是一樣的喔……」

翡翠更生氣了，「你……你你你！你能上什麼班?!」她腦海裡轉過幾個賣笑的可能，「我不要你……」

「在麵包店做蛋糕。」上邪有點莫名其妙，「妳懷疑我的手藝喔？這些甜點都是我做的，妳居然懷疑我的手藝?!我堂堂大妖……」

是啊……堂堂被尊為神的大妖魔……居然為了這幾張鈔票……在人類的店裡委屈的站八個小時。

她又是傷心又是難過，深深的被自己的無力和無能打敗，哇的一聲痛哭了起來。

「妳哭什麼啦?!」上邪生氣起來，「我搞不懂啊！舒祈說，我只要學習當個人類，就能夠知道妳困擾什麼。我學了啊，但是我還是不懂啊。妳為什麼不能坦坦白白的告訴我？到底是怎樣啦!?」

強烈的焦慮引爆了他的妖力，被他抓緊的翡翠沒有受到傷害，舒祈給的皮製戒指卻承受不住的斷裂開來。

翡翠洶湧陰鬱的心情排山倒海的幾乎讓上邪窒息，片片段段的擔憂這樣強而有力，連他這個三千多歲的大妖魔都幾乎承受不住。

他看到起火燃燒的房子。那一夜，翡翠鐵青著臉衝出家門，到天亮才回來，就是因為那棟起火燃燒的房子。

災害不大，翡翠的母親和孩子都無恙。但是公寓開了召集會，決定集資自費重蓋大樓。

這筆別人眼中不大的數目，卻要壓垮了翡翠的肩膀。

就是這樣而已。

「我什麼都做不好啦……」她歇斯底里的大哭大叫，「我什麼都不行，活到三十六歲了，還是一事無成，身邊沒有一點積蓄……什麼都不行，什麼都不會……學歷還是事業通通是白卷……連讓家人、讓你過好一點都做不到……我不行啦，我什麼都不行啦……我活著幹嘛？我是個沒有價值的人……」

「妳給我閉嘴喔！」上邪氣急敗壞的搖著她，「我不准妳侮辱……我不准妳侮辱翡翠！」

翡翠睜大眼睛看著他，眼淚停了一停，又緩緩的流下臉頰。「……你總有一天會走。你對我越好，將來我就越傷心……你不要為我做任何事情……我將來、將來才不會太難過……」

「鬼話。」上邪沉下臉，「妳說鬼話啊？應該傷心難過的是我吧？妳一定會比我早死啊！我根本沒把握搶得到妳的靈魂，因為這是不容許的！我都不怕妳拋下我死掉了，妳怕我走？我要走早走了，為什麼我還留在這兒？」

為什麼？

一人一妖都是一怔。是啊，為什麼？

這種牽絆誰也說不清，就是，想待在對方的身邊而已。願意盡自己所有努力，對對方好而已。

就是這樣，沒別的。

「臭母猴子，拿去啦！」上邪粗魯的把薪水袋塞進翡翠的口袋裡，「妳要知道，我不是白吃白喝的妖怪……我快升正式的點心師傅了。到時候，錢會多一點。我告訴妳，我不是為了妳喔。我只是討厭妳這樣拚死拚活的，情感變得很苦、很難吃。我是為了自己……聽到了沒有？」

不要一個人……不要自己受苦。妳受苦……我會好過嗎？

「……這是店裡剩下的點心。」硬拉過她的手放在掌心，「先吃。我餓死了，要做飯了……」

翡翠木然的坐了很久，低頭看看小巧玲瓏的草莓塔。這是討厭甜食的她，唯一喜歡的小點心。

壓力沉重的奪去她的味覺，應該香甜可口的草莓塔，入口居然是苦的。她已經很久很久都食不知味了。

但這是上邪特別為她做的。她努力嚼著，終於在苦楚中，嚐到一點點甜味。甜味漸漸的濃郁、擴大，好吃到令人想落淚。

她，總算是找回了甜蜜的味覺。

這是她這輩子吃過最好吃的草莓塔，再也不會有其他的點心贏過這一個。

就是這樣，而已。

第八章　定居人間的「移民」

台北下雨了。

路上開著沉默的傘花，大部分是黑色的，讓夾雜著的鮮豔五彩顯得有點勉強。

心情已經被淋得溼透了，翡翠實在不想讓黑色的雨傘烏雲罩頂。她拿著粉嫩紫花的小陽傘，雨滴隨著傘緣安靜而冰冷的落下，像是隔夜的淚。

隔著小巷，她可以看到透明櫥窗內正在忙碌的上邪。板著過分俊秀的美麗臉龐，專注的揉著麵團，痴迷的女人或女孩排著隊，等著買剛出爐的麵包，眼光裡有著燃燒的貪婪。

不知道為什麼，翡翠覺得有點傷心。

她親愛的、妖力強大的妖魔，居然為了幾張新台幣，被人類這樣圍起來，像是柵欄裡的動物被欣賞著。

緊緊握著要給上邪的淺藍色小傘，她遲疑著，不知道該不該拿去給他。

上邪很努力的學著當個人類，這場該死的冬雨，從昨天就開始下，他衝過雨幕回家的時候，像是從水裡撈出來的一樣。

「……你是妖怪欸！偉大的妖魔欸！你為什麼要淋雨？你可以飛回來，或者是弄個避水訣之類的……」一面拿毛巾幫他胡亂的擦著，恢復成真身的上邪只是舔了舔毛皮。

「舒祈說，要在人間生活就要學著當個人類。呿，不要哭好不好？淋個幾滴水會死嗎？實在……妳的水龍頭關一下好不好？」

明明還在下雨，早上他又連傘都不帶，就出門去了。

手上的傘有點發燙，不知道是自己的體溫，還是自己的愧疚。

「欸？」上邪敏感的望過來，原本冷酷的臉慢慢的生動，笑容漸漸的擴大，冰霜融解，宛如燦爛的陽光。

他丟下麵團和廚房，衝出店門，怕他淋溼的翡翠趕緊迎上去，小傘遮不住兩個人，她的肩膀一片溼漉漉。

「翡翠？妳怎麼來了？喂，來都不用出聲的啊？妳怎麼穿這麼少？穿少一點不會看起來比較瘦啦。進來進來，我有剛做好的草莓塔喔。」

其他女人驚駭忌妒的眼光讓翡翠很不自在……但是不自在又怎麼樣呢？「沒啦……我剛好經過。你沒帶傘……」她把握了好久的小藍傘遞出去，「不要嫌麻煩，淋雨是很冷的。」

上邪接過小藍傘，「……啊勒！這麼冷的天，妳跑出來凍個半死就為了這把傘喔？妳神經啊？進來啦，我弄杯牛奶給妳喝。」

翡翠堅決的搖頭，「我還有很多工作要做……不吵你了。我要回去寫功課……不要太累喔。」

上邪瞅了她一會兒，「妳等一下。」他轉身揀了幾個剛出爐的點心裝盒，又細心的包了個很大的、熱烘烘的雜糧麵包，塞到翡翠的懷裡。

「……我不愛吃雜糧麵包。」

「我知道啊。這不是給妳吃的，抱著比較溫暖，趕緊回去，以後不要穿這麼少在外面跑，聽到沒有？」

懷裡的雜糧麵包，真的很溫暖。

回去以後，她對著電腦發呆很久，雜糧麵包已經漸漸失去溫度，她撕了一口吃，發現味道是這樣的好。

拍拍雙頰，她振作起精神努力工作。花時間哭和花時間工作……工作比較有建設性。

等夜幕低垂，她從筆下生死相許的男女主角的世界裡醒過來，發現已經昏暗得幾乎看不見鍵盤。

「要說多少次啊？就說不要不開燈，妳的眼睛會瞎啦。」上邪嘮叨的打開大燈，「起來開一下燈會死啊？笨母猴子！我還真不能一下子不在家，妳很不會照顧自己欸……」

怔怔的望著上邪一會兒，愧疚湧上心頭，讓她忍不住哭起來，「對不起……」

「妳神經啊？神經病！有什麼好對不起的？」上邪著慌的跳起來，「喂喂喂，我最討厭妳這樣了，妳再這麼說，我就……我就……」

該死啊，他居然不知道怎麼威脅她比較好……「我就、我就不跟妳好了！」

這句話逗得翡翠破涕而笑，接著又哭了起來。

她的眼淚……是這樣哀傷而甜蜜，馥郁的情緒令人微醺。但是他寧可不要品嚐這種美味，因為她哭了，這裡是很痛的。

心臟的地方，很痛很痛。

「好了啦，別哭了……我真搞不懂人類……妳餓到哭喔？吃了那麼多點心還餓，我去做飯給妳吃啦……」

翡翠把臉埋進上邪柔軟銀白的毛皮裡，暫時的躲避一下殘忍的現實。

＊　＊　＊

正在打奶泡，上邪知道櫥窗外有雙冷靜的眼睛。

不過他不在意。人間的「移民」甚多，有妖怪也有天人，每個都要注意，累也累死了。

只要別來煩他就好了。

將蛋糕從烤箱裡拿出來裝飾，這是他今天最後一樣工作，然後就要回家了。

圍上圍巾，拿出小藍傘，今天又是個溼漉漉的天氣。

「上邪君。」身量頗高的少女叫住了他，「您的點心真的很好吃。」

他頓了一下，冷冷的打量這個身上帶著清新酸甜香氣的少女。「……我可不用甩妳們姻緣司。」

少女咯咯一笑，「不甩我們的又不是您而已。」她愁眉，「現在人類也不太甩我們了……這是我的名片。」

上邪不太起勁的接過來，上面寫著：

幻影婚姻介紹所

樊石榴

「幸會。」他心不在焉的點點頭，越過她就要走。

「欸欸欸，等一下嘛，大家都是人間的『移民』……這手好手藝讓人類壓榨很可惜欸……要不要換個地方做點心？」樊石榴滿臉熱情的湊過來，眼睛亮晶晶的，「拜託啦，狐影做的點心實在難吃。」

「我懶得換地方。」上邪揮揮手。開玩笑，做點心給妖怪吃，他們不知道會付什麼酬勞……新台幣比較實在。

「薪水有六位數喔！而且是貨真價實的新台幣！」樊石榴追了上去，「而且……還有意外的紅利。」

「紅利？」上邪停下腳步。

樊石榴附耳跟他說了幾句。

「真的嗎？」上邪狐疑的看著她。

樊石榴聳聳肩，「沒辦法，我們吃狐影的點心已經叫苦連天了。誰讓幸運之神也是狐影的客人呢？這樣小小的『利益輸送』，我想也不算『官商勾結』吧？」

上邪瞇細了眼睛，露出一絲閃光，「成交。」

沒多久，還在趕工趕得死去活來的翡翠接到母親的電話，「阿翠啊！我們抽中了啦！幫我們蓋房子的建設公司說要抽獎，有一戶可以免費欸！我們抽中了捏！真是祖公有保佑喔……」

她不用為了那筆龐大的金額煩惱了？

愣愣的放下電話，虛軟的癱在椅子上。天啊！她想哭又想笑，太好了！這樣上邪就不用出去工作了！

欣喜若狂的把這個好消息告訴上邪，上邪只是微微一笑。

「我還是要去工作的。」拍拍她的頭，「這次沒有透明櫥窗了。開玩笑，我是白吃白喝、等著女人養的妖怪嗎？妳可以休息了，我養妳。」

「我不用你養！」翡翠抗議了，「我有一雙手……」

「這雙手是不沾陽春水的。」上邪把她抱到懷裡，下雨天讓燈火朦朧而美麗，「我在學著當一個人類呢，很像吧？」

「你可不可以不要學得那麼像？」翡翠沒好氣的瞪他一眼。

* * *

在總是下雨的這個都市，有家小小的咖啡廳隱藏在巷弄中。真的是很奇怪的咖啡廳，連招牌都沒有。小巷錯綜複雜宛如迷宮，即使去過很多次，還是會找不到路徑。

偶爾找到了，俊秀到驚為天人的「美豔」老闆（他可是男的），不管是茶或咖啡，都讓喝的人像是在作一場美夢。

後來，他們又多了一個充滿魔性美的美少年點心師傅，美味的點心贏過他那令人目瞪口呆的美貌。

去過這家咖啡廳的人，都會覺得是在夢境。一家夢幻的，咖啡廳。

事實上，這裡出沒的客人，多半都是「移民」。人類在這裡反而成了異數。

有時候翡翠寫稿寫悶了，會到這家咖啡廳坐坐。不過神經大條的她，要等很久很久以後，才知道這是「移民」們聚會的地方。

她嘴巴張得大大的，「……開婚姻介紹所的那兩個女孩應該是人類吧？」

「不是。」上邪忙著端伯爵奶茶給她，「她們是天人，天界派來人間管婚姻的。不過業績很淒慘，現在的人都不結婚了……」

「……那老闆的女兒……那個可愛的女生，應該是『移民』吧？」

「妳說狐火？不是喔，小火是老闆的養女。她是貨真價實的人類。」

翡翠覺得有點頭昏。

「……你告訴我，現在咖啡廳裡還有多少『原住民』？除了我以外？」

她瞪大眼睛，看著一桌桌似乎再正常也不過的客「人」。

「小火……還有坐在窗邊的陳翩。」上邪聽到烤箱叮的一聲，走回廚房忙了。

翡翠的目光移向窗邊。那位穿著高中制服的少女……有雙爬蟲類般倒豎的美麗瞳孔。

……她才是最不像人類的吧？

因為各式各樣的理由，人間有著奇特的「移民」。他們努力學習如何當個人類，藏身於人群之中。

事實上，她不害怕。像是看到另一個，更遼闊豐富，更令人驚奇的世界。

她每天都會散步去接上邪回家，過著非常正常又詭異的愛情（？）生活。

或許一天接著一天，一步接著一步，永遠，就不會太遠吧？

這是發生在二十一世紀初，總是下雨的都市裡，一則「原住民」和「移民」間的小故事。

你不相信嗎？

可以問問窗外點滴的雨、默默的月，和飛逝的雲。

他們都看見的。

番外 夢幻咖啡廳的一天

每天大約六點半左右，這家沒有招牌的咖啡廳會悄悄的開門。

那位有著美麗狹長狐眼、比女人還美麗的老闆，會為了他心愛的人類養女狐火開店門煮熱可可。

但是坦白說，名為「狐影」的美麗老闆，廚藝實在令人難以恭維。所以，從狐火七歲以後，就擔負起做早餐的重責大任。這位沾染了狐仙氣質的人類女孩長大成少女，多少年來是移民們心目中在人間的一個鮮明記憶。

他們開開心心的等著來吃早餐，雖然要上學的狐火做來做去就是土司夾蛋和漢堡夾蛋，但是他們吃的不僅僅是簡單的早餐，還有種「家」的甜美味道。

等狐火去上學了，移民有的去上班，有的才剛來。

九點整。總是繃著臉的點心師傅會來。他的美和做的點心一樣，帶股令人上癮的魔魅。論妖力，移民中勝過他的恐怕沒有，是魔界裡頭可以跟魔王抗衡的偉大妖魔。

但是這個偉大的妖魔，卻被另一種更偉大的情愫束縛了，甘願在人間當個點心師傳，守護著脆弱短命的那個「人類」。

晚上六點，狐火下課了，而那個言情小說家，會來接點心師傅。咖啡廳的一天，結束了。

移民們拿這個咖啡廳當異鄉裡的故鄉。天人或妖魔，不管在外面有多少仇恨廝殺，都會在門外放下來。

所以，許多故事都在這裡蔓延。

或許有一天，我可以仔仔細細的告訴你，後來還發生了多少故事。不管是移民和移民，還是原住民與移民，總是有許許多多的故事可以追尋。

不管是人類還是移民，總有說不完的故事。無聲的，發生在任何角落。

故事是永遠說不完的，尤其在這個沒有招牌的咖啡廳。

後記

◉

會寫上邪，是在一個非常沮喪的上午。

我剛剛跟交往多年的男朋友分手，所有的愛情都耗盡了，就算有對象，我也提不起戀愛的心情。

其實分手最痛苦的倒不是失戀，痛苦的是失去戀愛的能力。

但是，我還是很希望被擁抱，被照顧，被愛的。

好吧，我是個五年級的女生。在正常的情形下，應該是上古生物了，怎麼對戀愛還有這種固執的執念？

但這也是女人的悲哀吧？從年輕到老，都無法擺脫對愛的執著。只是像是上了年紀，就被迫必須道貌岸然，超然到好像聖女一樣，對愛情不可以有興趣了。

跟我們同年級的，只想跟學妹交往。我們的學弟，又小到不成熟，對大姊姊有興趣的也不多。

更糟糕的是，現實中的男人似乎越來越現實也越來越逃避責任，我想我是對人類很失望了。

那麼，我們就來塑造一個完美的情人（？）吧。

故事就在我曬衣服的時候，誕生了。

一開始只是寫來發洩的，寫到第二篇，開始覺得有趣，然後是第三篇、第四篇……寫作的這段時間，像是上邪也在我家坐著看。

或許純真的妖魔比複雜可恨的人類更適合當情人吧？

寫完以後，我大大的吐了口氣，微笑了起來。覺得……如果我的上邪沒有出現，那就這樣也不錯。

只要能夠繼續說故事，我想，活著就還有一點意義。起碼在故事裡，我還可以談談戀愛。

往往這種虛擬，比現實還更真實。最少……我在寫故事的這段時間，我是快樂的。

寫作的期間，很多網友熱烈的討論上邪，有人甚至很認真的問，到底上邪可以在前陽台撿到，還是後陽台撿到……

（點點點）

更有朋友乾脆跑來我亂得一場糊塗的小窩翻看，看我把上邪藏在哪兒了。

（更點點）

孩子，別傻了。上邪是我虛構的。如果真有這樣毛茸茸、軟綿綿、無所不能卻怕辣，一手好手藝又聰明智慧的妖怪，那天下的男人還混什麼啊？

（我是比較希望男人好好的檢討自己一下……）

但是經過無數哭訴和抗議以後，好吧，我就加持一下……

希望妳在妳家陽台，也可以撿到一隻上邪。

人生總是要充滿希望的嘛。

（不負責任的作者光速逃逸。）

（撿不到，不關我的事情喔！）

（如果撿到了……我會替妳祈禱。是福不是禍，是禍躲不過啊……）

蝴蝶二〇〇四／四／十五

我的魔獸老爸

楔子

幻影咖啡廳意外的安靜。

所有的眾生客人連大氣都不敢出，更不要說談天了。他們用眾生慣有的溝通方式，小心翼翼的不發出任何大於呼吸的聲音，省得惹來比屋頂爆炸更大的災難。

但你知道，只要是眾生，就該死的愛好八卦。這件驚天動地的大八卦，讓這些妖魔神靈甘冒巨險，顫巍巍的坐在充滿強烈靜電低氣壓的幻影咖啡廳苦苦熬著，就是想要有說嘴的第一手資料。

這種強烈低氣壓幾乎成了一股強大的結界，連擅長破除結界的管九娘都要使盡力氣才能打開大門。

她美麗的狐眼掃過噤若寒蟬的眾客，隱隱有著不祥的預感。有緊張、有害怕，更多的是期待。

在有管理者的都城，眾移民的生活簡直是枯燥乏味到極點，真的和人類沒有兩樣了。頂多就是傳說某某醫院的血庫遭竊，或是某某殯儀館的屍體被偷了，眾妖（或魔）都覺得那是很不入流的做法，智者不取。

真正厲害的在醫院就偷光了屍體的內臟，或者是乾脆去當醫師，把相中的上好血液換個過期標籤，大大方方的帶回家。誰還會去偷這些？有腦殘到。

平常他們就靠這些腦殘的馬路消息說長道短，今天的眼神夠八卦，但卻安靜成這副德行……她這個天才狐妖也有點忐忑不安。

「欸，狐影，」她對著臉孔蒼白的老闆問，「上邪君在嗎？」

整個咖啡廳的客人都一起倒抽了一口氣，聲音真是整齊劃一，連狐影也跟人家一起。

「……你們在玩什麼？」九娘有點糊塗了，「我打去他們家，都沒有人接電話。三天了欸！」

狐影拚命對她使眼色，很可惜九娘太火大了，完全沒有注意。

她非常憤慨，工作過度的眼睛底下有著淡淡的黑眼圈，「翡翠的稿子到底交不交啊？家裡電話也不接，手機都是語音信箱……上邪君在嗎？」她瞥見在廚房呆立的點心師傅……

「上邪君，你家翡翠呢？」

狐影張大嘴，迅速鑽到櫃台下面，其他客人也訓練有素的尋找牆角和桌子底下尋求掩護，將畢生最為絕學的結界、封制，東西方妖法祕術，黑魔法白魔法，最好的道器法寶，能夠用的保護措施都施展完全了。

「……翡翠？」上邪眼神空洞的轉過身，「她打電話來跟我分手。」

九娘瞪大眼睛，還來不及反應，只見以上邪為圓心，轟然的炸出一團半球形的雷爆範圍，霹哩啪啦一聲巨響，歷經滄桑的幻影咖啡廳雖然沒因此倒塌，但屋頂整個飛走了。

（不是垮，是飛走……）

眾客和狐影的防護大絕招雖然沒起太大的作用，最少衣物完整，只是毛髮有些捲曲，冒了一點點煙而已；但首當其衝的九娘，長頭髮被燒成俏麗的捲曲短髮，身上的衣服被燒個乾乾淨淨，還差點因為雷火的衝擊燒出本相。

她愕然的看著自己燒焦的尾巴和耳朵，勃然大怒，「你這長毛的獅……」

櫃台下的狐影一個箭步將九娘拖走，救了她一條小命。他拖著九娘跑出咖啡廳，後面跟著還在冒煙的眾客。

「太恐怖了，我家傳的九雷封陣一擊即碎……」「我的寶貝仙器！我怎麼跟師父交代～」「我的五芒星！」「我的金字塔！」「曼陀羅～醒醒～不要死啊～」

九娘抹了抹烏黑的臉，「這是怎麼回事?!我的香奈兒啊～我好幾個月的薪水！」

狐影疲倦的頹下肩膀。

三天前，上邪高高興興的來上班。接近中午的時候，他接到了翡翠的電話。

「上邪，我們分手吧。我已經搬好家了，再見。」翡翠就這樣毅然決然的掛了電話。

上邪拎著手機，保持相同的姿勢呆立了十分鐘。

「你在幹嘛？」毫不知情的狐影嘖有煩言，「上班時間不要講私人電話好不好，跟你家翡翠說，有什麼情話下班講如何？」

聽到「翡翠」這兩個字，上邪動了動，眼神空洞的看著狐影，「……翡翠說要跟我分手。」

然後發生了第一次爆炸。

說起來上邪算很客氣，只是把狐影炸上天花板，整個結構體都沒事。

「……」九娘無言了片刻，「這是第二次？」

「第五次。」狐影含淚看著灰飛煙滅的屋頂，「聽到『翡翠』他就發作，連廣告提到他都大爆炸，威力一次比一次驚人……」

「然後呢？」

「哪有什麼然後，他沒發作的時候都在廚房當石像……」狐影泫然欲泣。

「……男人都是白痴嗎？」九娘翻了白眼，「在這兒炸人和當石像有屁用？去問清楚啊！」

「妳知道我知道，連賣菜的阿桑都知道，」狐影欲哭無淚，「但這可是他的初戀，誰的雷抗夠高，敢去勸他？九娘，妳要不要試試看？」

九娘縮了縮腦袋。她讓雷恩劈了一輩子，怕雷怕得要死。上邪已經算是夠自制了，想想看，他的雷火連雷神都挨不住幾下……

但再找不到翡翠，書系真的要開天窗了。

「我……」她一開口，所有眾生的眼神都充滿期盼的望過來。「我不敢。」

一陣失望的嘆息。

「但我想，」她不太甘願的開口，「我可以請位雷抗夠高，讓他劈不死的人來試試看。」

換九娘疲勞的嘆息了。

第一章 繼子

九娘拿著話筒，遲遲無法撥號。

雖然她理智上完全知道應該找那位「改邪歸正」（？）的雷恩設法去勸勸上邪，最少也讓雷恩去擋住上邪的雷火，好讓她有開口的機會，她也不是不知道雷恩的電話。

但她的情感徹底排拒，以至於瞪著電話鍵盤長達半個鐘頭。

「主編，」她的小編帶哭音進來，「于天后說她沒靈感，稿子確定出不來了……翡翠不墊檔，這期書系穩開天窗，怎麼辦……？」

怎麼辦？我能怎麼辦？「……我寫。」

小編啞口無言片刻。她們才華洋溢的主編的確有著絕佳的文筆，也試圖寫過小說要救火。但是通篇都在海扁男主角的言情小說？

男主角還痛哭：「別打了！妳說我是兔子我就是兔子！」

連九娘自己都知道這賣不出去。

「……我想辦法找到翡翠。」她絕望的瞪著電話，「她是出了名的快手，只要把她關在飯店，好好的盯她一個星期，就有一本可以墊檔了。」

舒祈一定做了什麼手腳，絕對的。九娘欲哭無淚。不然她不可能找不出一個小小的三流言情作家，不知道為什麼，都城管理者對翡翠青眼有加，明裡暗裡都罩著。遇到舒祈，她這個聰明智慧的狐妖也只能投降。

現在唯一的希望就是上邪君啊……她抖著手，怎麼也無法撥號，最後頹然的撥給朱茵。

所謂大隱隱於市，這都城能人異士不少，更多的是不問世事高來高去的「高人」。比較起來，妖怪真的就窩囊多了，大部分都貪玩逸樂，正經修煉的沒幾個。

之前有大妖飛頭蠻，不過聽說化人去了，不知所蹤，另一個就是不問鬼神問蒼生的朱茵小姐。

朱茵小姐是蜘蛛精，修行五百年，說起來算是隻年輕的妖怪。但她穩重勤懇，修為極深，織網鍛鍊月光精華，遠遠超過許多採捕千年的大妖，只能說她天分極高，不為歲月所限。

更難得的是，她雖然勉於修行，卻深入紅塵，開了一家神通廣大的徵信社，人間之內的情報無所不知，人脈之廣，比貪懶的九娘強得多。

既然我找不著，那朱茵總該找得到吧？直接跳過上邪好了，實在不想找雷恩幫忙。

她賣過朱茵人情，只好厚著臉皮去討了。

電話撥通，朱茵倒是爽快的一口答應。「想找人？管小姐一句話，有什麼問題？但不知道要找誰？」

「我要找我的作者，翡翠。」九娘燃起一絲微弱的希望。

沒想到朱茵安靜了好一會兒，「……不是我不幫忙。管娘娘，妳也知道我修行尚淺，管理者給了翡翠小姐一把掃帚，我實在愛莫能助。」

掃帚？這跟找翡翠有什麼關係？

「據我所知，」朱茵謹慎的發言，「管理者給翡翠小姐法器，抹去所有可追尋的蹤跡。」

妳不要跟我說，那什麼法器就是把掃帚吧？九娘無力的頹下肩膀。

「那怎麼辦？」九娘泫然欲涕。

「或許只有上邪大人可以找到她了。」朱茵嘆息，「他們的牽絆與他人不同。」

「上邪君……」九娘嗚咽著說了他的狀況，「連讓他冷靜說話都不成了……」

「為何不找雷恩大人幫忙呢？」她小心翼翼的提議，「狐影大人法力雖然高強，但九娘娘也知道，狐影大人出身狐族，天生懼雷。雷恩大人本是雷神，放眼都城，也只有雷恩大人有這本事……」

「我、我……」她這個聰明智慧、妖力高深的狐妖管九娘，抱著話筒放聲大哭。

……怕成這個樣子，真的沒救了。朱茵瞥了瞥在電視裡努力當偶像的雷恩，暗暗嘆了口氣。

幫不幫呢？說起來，這事真的難辦。也未必不能辦，只是得擔些干係。但她欠九娘一個大人情，對於這隻有情有義的狐妖，她實在很難袖手。

「這麼吧，九娘娘，妳還是去找上邪君。我擔保雷恩大人會去勸說。」她微笑著，「明日您到了幻影咖啡廳，給我通電話就是了。」

真的？

九娘雖然狐疑，但朱茵這樣信心滿滿，她也只能死馬當作活馬醫了……

她鼓足勇氣，又到了幻影咖啡廳。沒想到店裡座滿為患，她只能站在櫃台前面，連坐的地方都沒有。

沒好氣的看看滿滿的客人，又無奈的望望沒有屋頂的天空。

「……下雨怎麼辦？」她問狐影。

狐影沒好氣的指指每桌附屬的精美大遮陽傘，「就這樣。點心師傅不恢復正常，我不想修屋頂。」修來讓他炸嗎？我狐影是這樣的笨蛋嗎？

「這些人來幹嘛？」九娘有些上火了。

「看熱鬧。是誰點蛋糕？想死嗎?!」狐影對著客人怒吼，「想吃蛋糕的站出來！有種就給我到廚房去！」

底下一片低低的牢騷，他們本來就是來看好戲的。

這些眾生吃飽沒事幹就是了……都炸不怕的。九娘雙眼無神的望著天空，好不容易鼓足勇氣，撥電話給朱茵。

「妳儘管去找上邪大人就是了。」朱茵掛了電話。

九娘幽怨的瞪著手機，深呼吸好幾次，希望這不是她最後一次呼吸……

「上邪君，」她走入廚房，無視狐影驚愕的眼神，「翡翠在哪兒，你應該知道吧？」

聽到「翡翠」這兩個字，上邪眼睛轉了轉，呆滯的望著九娘。「翡翠……跟我分手了。」

他掉下眼淚，卻是滾著熾白火焰的眼淚。九娘雖然有心理準備，早已張開結界，還是被他的雷風颳得翻了好幾個觔斗，踩斷了高跟鞋的跟才穩住，但挾帶著上邪濃重哀傷的雷火轟然而至，這下真的不死也重傷了……

另一道更強烈的雷火幻化成牆，和一聲驚人的怒吼，「你想對我的管怎麼樣?!」上邪一個字也沒講，睜圓了美麗的眼睛，將所有的痛苦悲傷都遷怒到這個勢均力敵的對手身上，劈出燦然強光的閃電。

「我的店……」狐影絕望的低呼一聲，抓著嚇得不會動的九娘就地找掩護，滿屋子客人被亂流掃得東倒西歪，爭先恐後的跑出滿目瘡痍的咖啡廳。

前任雷神雷恩，和大妖魔上邪火拚，氣勢直比哥吉拉大戰蝶龍魔斯拉，雷火四射，附帶沉重靜電的巨大罡風，甚至冒出蕈狀雲。

「……我的店啊!!」狐影慘叫起來，「我不要再付三十年的貸款！你們快住手！」

但是這兩個人……對不起，一妖魔一神……打紅了眼，頗有拆除幻影咖啡廳的氣勢。

「上邪大人，」朱茵不知道什麼時候來了，她的聲音不大，卻壓制了混亂的局勢，「翡翠小姐並非想棄您而去，實在是親子的牽絆讓她忍痛割捨。難道您不想知道真相嗎？」

朱茵的聲音帶著強烈鎮靜的麻醉效果（呃……她是毒蜘蛛沒錯），讓心智混亂的上邪安靜了下來。他停了手，呆呆望著朱茵，也讓煞不住手的雷恩打飛了出去，撞破了一堵牆。

狐影發出絕望的嘆息。

「……妳說什麼？小蜘蛛！妳若欺騙我，要知道我的雷火是不留情的！」上邪從瓦礫堆裡站起來，發出驚人的咆哮。

朱茵款款的單膝跪下，雙手捧著牛皮紙袋，直到齊眉。她深知上邪的來歷，也知道對應他的禮節，「小妖不敢妄言。管理者隱蔽翡翠小姐的行蹤，但依舊可追蹤翡翠小姐的家人。小妖已經得知來龍去脈，請上邪大人明察。」

上邪一把搶去牛皮紙袋，卻抖著手，打不開薄薄的封口。

「小管，妳來。」他的聲音顫抖，「妳來念給我聽。」

雷恩糊塗了，他厲聲對著朱茵說，「……妳不是說管被上邪抓去，就要吃掉了嗎？現在是……？」

朱茵微笑，「雷恩大人，當中有微小誤會，待小妖之後容稟。但您還在錄影中，在這兒耽擱合適嗎？」

糟了！雷恩張大嘴，他還在錄影中，這個蜘蛛精就攔路請他來救管九娘。現在？他會被罵死！

「管！我愛妳！」他發出這樣的宣言，咻的一聲就不見了。

捧著牛皮紙袋，九娘的臉孔紅得像番茄。那批天雷打不死的八卦眾生，沙沙的竊笑更讓她羞愧得想鑽到地下。

翡翠，妳就別讓我找到。九娘含著淚咬牙。非讓妳趕稿趕到起笑不可，妳給我記住

……

*　　*　　*

翡翠突然感到劇烈的心痛。

那是非常非常痛的感覺，痛到不知道如何是好。痛到站不住，坐倒在地板上發愣。她仰著頭，眨著眼，希望眼淚趕緊乾涸。

上邪在叫她，她知道。但她什麼辦法也沒有。

「妳在那裡裝什麼死？」她的母親尖銳的叫，「妳沒看我忙得要命？快去把尿布收進來……掃個地也要掃這麼久！就是讓你們太好命了，我才會這樣歹命啦！生到妳有什麼用？叫妳回來好像要妳的命……在外面做小姐很好是不是？個個生了小孩就往我這兒扔！……」

她默默的站起來，但她的孩子岑毓已經把衣服都收進來了。

「你有空收衣服，為什麼不去上學？」母親罵著，「你爸不是東西，你媽又沒責任感，你乾脆在家裡當米蟲了！上樑不正下樑歪啦！養你養這麼久，就甘願在家裡當廢物，書也不念了，收什麼衣服?!……」

岑毓沉著臉，進了房間，將門一甩，發出巨大的聲響。這巨響讓小嬰兒哭了起來，母親更是罵個不停。

整個屋子都是母親的怒罵聲，翡翠覺得很累。

離婚好像是他們家的宿命。她離婚了，身心殘病的她沒辦法帶小孩，將獨子交給母親照顧；而如今，他的弟弟也離婚了，急著尋找第二春的他，也將出生不久的外甥扔給母親照顧。

她知道母親很辛苦，但是她和母親實在處不來。當初她會搬出去，也是母親把她趕出家門的。

親子之間氣質不合，實在是沒辦法的事情。母親不願意，她更不願意。

她一直懷著愧疚，對母親、對她的孩子。

但現在……她真的不得不回來。她步入青春期今年高二的兒子，突然拒絕上學；在這個節骨眼，她的弟弟離婚了，把新生兒留在家裡，更讓年老的母親忙得幾乎翻過去。

本來她抱著微小的希望，想把岑毓帶回她和上邪的家裡。

「妳不要以為我不知道，」母親冷冷的回答，「妳跑去倒貼個小白臉，跟他出出入入的，都不怕人家閒言閒語！我就奇怪妳怎麼會只賺這麼一點……連給小孩補習都出不出來，原來是在養小白臉！妳給我回家自己照顧岑毓，少跟我囉哩囉唆。讓岑毓跟妳住？好讓繼父虐待他嗎？妳不要臉就算了，妳看看妳兒子！都是你們這兩個不負責任的父母，他才會變成這樣！賤貨！不要臉！……」

她被罵得連頭都抬不起來。

這些責任和重擔，不應該是上邪的責任。她一定會比上邪早死，拋下他一個人在世間孤零零的……不如早早的分手，他傷心生氣一陣子，也就會忘掉她。

他的歲月還無窮無盡。

所以她跑去懇求舒祈幫忙。原本舒祈是不願意的，但沉默的聽完她的訴說和眼淚，長長的嘆息。

「……親情真的很暴力。」蕭索的管理者遞了一把掃把給她，「把這掃把倒立在門後，任何人、包括任何眾生都追尋不到妳的蹤跡。」默然片刻，「妳覺得這樣真的好？」

「……他早點忘記我比較好。」拿了那把蔽舊的掃把，她向舒祈道謝而去。

翡翠不知道的是，舒祈在她背後垂下眼簾。

「擋得住其他眾生，但上邪應該擋不住吧？」得慕悶笑起來。

「可以擋一下下啦。」舒祈若無其事的工作，「妳知道上邪的能力的。能擋個五、六秒就已經是我的極限。」

「舒祈，妳真壞。」

「哪有，我可是佛心來著的。」舒祈真的忍不住，爆笑起來。

翡翠憂鬱的敲了敲門，岑毓粗魯的說，「進來。」

她憐愛的看著身高超過一百八的兒子。才高二的學生，已經高得要仰頭看了。當初為了逃避母親永無止盡的挑剔和責罵，她很年輕就結了婚，想要擁有自己寧靜的幸福。

結果反而走入另一個深深墜落的深淵。

這場像是天譴的婚姻，唯一的好事是她可愛的孩子。

「阿媽從來不敲門。」岑毓憤慨的抬頭，「她想進來就進來，從來不管我是不是在換衣服。」

「……她一直很辛苦。」

「我知道！」岑毓爆炸起來，「但她願意讓我幫她嗎？她不要！她只要我坐在書桌前填鴨子！她根本就……」

「岑毓，」翡翠坐到他身邊，「是不是我和你爸的關係，所以你……」

「不是！」岑毓很快的否認，「爸爸我不管，但我知道媽媽很愛我。」

她淚眼盈眶的握著兒子的大手……從前是那麼的小，現在卻幾乎可以將她整個手包在手掌。

「那是為什麼不去上學？」她低低的問。

「……提不起勁。」岑毓安靜了片刻，「我在家用功，一樣考得上。」

「這不是主要的理由。」

他沉默了。像是把心鎖了起來，讓翡翠更傷心。

「媽媽，妳不要住在家裡。」岑毓勸著，「阿媽以前拚命罵小舅媽，罵到小舅媽和舅舅離婚。現在她找妳回來，只是想有個人給她罵。」

「岑毓，你別這麼說。」翡翠有些不安，「阿媽很疼你的。」

「愛有很多種。」岑毓老氣橫秋的說，「有的愛會讓人窒息。你跟小舅舅只會順從她，讓她成了暴君。總要有個人反抗她。」

「你不可以這樣！阿媽很年輕就守寡……」

「很多人都守寡，也沒每個人都跟她一樣，和這世界有仇似的。」岑毓拉長臉，「我也很愛她，但我不盲目。不能因為她很辛苦，就可以對晚輩予取予求。」

翡翠有些不知所措。她的孩子長大了，比她還懂事。但她能怎麼辦呢？

「……去上學吧。」

「學校不適合我。」岑毓就不再開口，只顧低頭看書。翡翠看看那本書……

《MCSE 微軟資格認證指導手冊》。

這是什麼？她滿頭霧水。

「你們就只會關在房間裡聊天就對了！」母親在門外怒吼，「都沒人出來幫忙？

難道你們不知道我快忙死了？我是什麼命，伺候你們一輩子，我都六十好幾了，你們……」

翡翠慌張的應了一聲，跟岑毓說，「你知道的，我從來不在意你上不上大學。我只希望你健康快樂，不要當壞人。」

岑毓抬頭看他憂鬱的母親。從小到大，母親一直都是這麼憂鬱、眉頭不展。他忍不住伸手抹了抹媽媽眉間深深刻著的愁紋，放柔了聲音，「媽，我知道。妳放心，我知道我在做什麼。」

她笑了一下，正想說些什麼，她的媽媽大喊，「翡翠！」

狼狽的，她立刻打開門出去。

岑毓看著他的母親，不知不覺，眉頭也有跟著母親相同的愁紋。

＊　　＊　　＊

翡翠在後陽台洗著衣服。

翡翠的母親是個很傳統的媽媽，即使有洗衣機，還是嚴格要求每件衣服都要泡過、在大洗衣盆裡搓洗過，再放進洗衣機裡頭。所以他們家的衣服褪色得很快，每件都被嚴苛的考驗，有種蒼白嚴肅而緊張的氣息。

雖然辛苦、雖然連晾衣服都被挑剔，但翡翠還是最喜歡洗衣服的時候。因為他們的後陽台小到只夠放置洗衣機，當有人在洗衣服的時候，沒有其他人容足的地方。

這是鬧哄哄的家裡，唯一可以獲得安靜喘息的角落。

她用肩頭抹去滴到眼睛的汗水，用力搓洗著一件件的衣服。她那把無處擺的掃帚，就擱在後陽台，臨著後門。

已經很久不去想什麼了。她硬著心腸，強迫自己什麼都不想。甚至母親要她去樓下的汽車當鋪當會計，一天十個小時坐在那兒，她都麻木溫順的接受了。

沒辦法，我沒辦法。她想著。反抗？她怎麼反抗？這是她的母親、她的孩子。她已經逃離自己的責任這麼久，是她該償還的時候。當初因為忍受不了母親的責罵，她靠結婚合法的逃出這個家……結果呢？

結果她終生身心殘病，拖累她的母親、她的孩子。

本來以為，她的丈夫可以成為她的倚靠，最後成了她最深的惡夢。她什麼決定都不對。

現在連可愛的孩子都拒絕上學。媽媽說得對，都是我的關係。長久的和我分別，所以孩子都不能正常的成長。

都是我不對。

她用力抹去滴進眼睛裡的汗水，感到一絲絲的刺痛。

瞥了一眼掃帚，連心都為之劇痛。不，不行，我不能想下去。我不可以想念他……如果「他」和其他男人相同，很快就忘了我，我會非常傷心；如果「他」一直忘不了我，我也會、也會非常傷心。

用肩頭狠狠地抹去眼睛底的刺痛，或許是汗水，也或許是淚水。

就在這個時候，那把倒放著的掃帚，劇烈的抖動起來。她愕然的望著，地震嗎？

然後下一秒，掃帚爆炸成碎片。

她呆呆的站起來，呆呆的望著突然出現的，臉孔漲紅，明顯陷入狂怒中的上邪。

就是在後陽台撿到重傷的他。現在，隔了千山萬水，居然在她母親的後陽台，又見到了上邪。

她覺得很苦澀，慌張，但也有一絲絲淒涼的甜蜜。

「妳！妳這沒毛的母猴子！」上邪抓著她的肩膀大叫，「妳居然給我蹲在這兒洗什麼衣服?!」他痛心的看著翡翠發紅脫皮的手，「妳不是說，妳十指不沾陽春水?!洗什麼衣服?!」

「我、我……」翡翠嗚咽起來，「我……」

我怎麼做都不對。

「妳現在立刻給我回家！」

「這裡就是我的家……」翡翠哽咽得氣促，「你你你……你不該來的……我媽媽她……」

「妳都敢拿菸燙妖怪的舌頭了，怕那個老妖婆做啥?!」上邪暴跳如雷。

「她是我媽媽！她養我養到這麼大，我卻只會拖累她……」

「少囉唆！哪有長大不離家的小孩?!我們妖怪一出生就得自己覓食，哪來這些囉唆?!」

「因為我不是妖怪嘛！」翡翠哇哇大哭，「可以的話我也希望重新出生，重新開始。但我不能、我不能嘛！我也不想犯下那麼多的錯誤……我也不想害自己的家人都受苦……我就是不能啊！」

她哭著的臉真是醜，但是上邪的心卻好痛好痛。

「……那我怎麼辦？」第一次，上邪露出脆弱的神情，「妳明明答應我，可以留在妳身邊，第一個可以吃的人就是妳。」

她那強大、神氣，不可一世的妖魔，在她面前像孩子似的痛哭。

一陣雪白的粉末撒了她和上邪一頭一臉，翡翠張著嘴回望，岑毓額上爆出青筋，拿著空空的鹽罐，對著上邪暴吼，「誰准你進來我的家門？死妖怪，滾！快滾！」

「……你看得到我？」上邪拍了拍頭上的鹽粒，不可思議的望著眼前高大的少年。

「快給我滾！」岑毓將翡翠拖過來，保護在身後，雖然顫抖，還是非常勇敢的對著上邪喊，「不准你再進我們家門！」

上邪狐疑的看著這個高大的少年，他有張和翡翠相似的臉孔，他應該是翡翠擺在心裡戀戀不捨的孩子吧。

照人間的說法，這個少年應該是他的「繼子」。上邪臉孔掠過一絲尷尬和不自在，粗魯的想要直接探問少年的內心。

沒想到他遇到了抵抗。

這種情形從來都沒有過。也只有舒祈那個死女人給了翡翠一個鬼戒指，才能夠抵抗他的探問，這死小鬼又不見有什麼法器護身。

雖然說，他的抵抗是這樣的軟弱無力，但還是狠狠地扎了上邪的神識一下。

這算好還是不好……？上邪搔了搔頭。看得到妖怪，能夠有一點抵抗的能力，對真正厲害的妖怪來說，可能會覺得很可愛一笑置之，但對那些不入流的小妖半怪，可能會覺得他有威脅。

「喂，多久啦？」上邪粗魯的問。

少年愣了一下，翡翠糊裡糊塗的回答，「什麼多久啦？」

上邪沒好氣的瞥了她一眼。她的孩子靈感和能力都這麼強，就只有翡翠活像個「麻瓜」。他不禁納悶，這孩子到底是遺傳了誰？總之他可以肯定，絕對不是翡翠。

「我沒問妳，麻瓜。」上邪悶悶的問，「小鬼，你能看到妖怪有多久了？」

愣然片刻，翡翠生氣起來，「誰是麻瓜啊？你……」

拿著空鹽罐的岑毓卻受到很大的驚嚇。這一直是他埋藏在心裡最大的祕密，也是他拒絕上學的主因。原本他上一所普通的高中，有著普通的老師和普通的同學。

但一覺醒來，整個世界都顛倒錯置，甚至他還懷疑過自己是不是發瘋了。

學校裡有一半多都是青面獠牙、披毛帶爪，明顯不是人類的妖怪。連他最喜歡的教電腦的老師，額頭都竄出一對扭曲尖銳的角。而這些妖怪似乎察覺了他驚駭的眼神，有的驚訝、有的嘲弄，有的甚至舔著牙齒，發出極度惡意的笑……

那天他逃學了。翻過圍牆，他想趕緊逃離這個可怕的妖怪學園，卻被電腦老師逮個正著。

「哎呀，岑毓，你怎麼就這麼『覺醒』了呢？像你這樣的人類，會給我們帶來很大的麻煩呢……」電腦老師推了推眼鏡，獰笑著，銳利的指爪幾乎陷入他的肩膀。

要不就是我發瘋了，要不就是這世界發瘋了。

他大叫一聲，用力的撞向電腦老師，或許是電腦老師沒想到他會反抗，被他撞得一跌，鬆了手。而原本就是田徑選手的岑毓，用他此生最快的速度飛奔而去。

他不是拒絕上學，而是上學對他來說，非常危險。

但他可以跟誰說？外婆嗎？還是媽媽？外婆只會咒罵的拖他去精神科看醫生，媽媽只會憂慮的自責。而他是絕對不想在精神病院渡過下半生的。

對自己這種嶄新的能力茫然不知所措，除了躲在安全的家裡，他不知道怎麼辦。為什麼……這個人臉的大獅子會知道我的祕密？他惶恐起來。

「……不干你的事情！」岑毓吼了起來，「滾！快滾！不准你再來！」

上邪皺眉，一聲不耐的蒼老尖叫阻止了他，「吵吵吵，你們是在吵什麼吵？一天到晚假神假怪，洗幾件衣服是要洗多久！」老婦人推開紗門，「都洗到快要中午了！你們就只會躲在這裡聊天！我養你這麼大有什麼用？還不是跟你沒責任感的老媽結成一氣，只會糟蹋我！……」

張大嘴，上邪看看似乎看不到他的翡翠媽，和翡翠的靈感少年兒子，他一臉古怪的轉頭，「翡翠，妳怎麼會住到這種鬼屋？」

翡翠瞠目瞪著他，微微張著嘴。她這股呆樣，總能勾起上邪心底最柔軟的部分。

「……我會設法解決，帶妳回家。」他憐愛的用雪白的大爪子拍拍翡翠的頭，「撐著點。」

然後他就消失了。

翡翠摸摸自己的頭，上面似乎還有上邪的餘溫。她想笑，但是忍不住的滾下淚來。

「罵妳兩句就哭了！」母親更揚高聲音，「裝出那副小媳婦兒樣給誰看?!活像我虐待妳一樣！妳是怎樣？……」

翡翠擦乾眼淚，蹲下去繼續洗衣服。

第二章 訶梨帝母

上邪衝進出版社，讓九娘差點跳到桌子上，而那個書蠹蟲總編輯乾脆鑽進桌子底下，完全忘記他是妖怪，一面簌簌發抖，一面口稱佛號，真的跟尋常人類沒兩樣。

看他們這樣驚恐，上邪低頭看了看自己的穿著打扮。他可是規規矩矩的變化成人身，穿著白襯衫牛仔褲球鞋，應該和路上的死人類沒什麼兩樣。

回頭望望其他職員，不分男女都流露出如痴如醉的愛慕，可見他一點問題也沒有。

「你們在幹嘛？」他冷冰冰的問，「找你們說幾句話，需要跳桌的跳桌，鑽地板的鑽地板？」

九娘勉強壓住驚恐，幽怨的看了看鑽在桌子底下「阿彌陀佛」的書蠹蟲總編輯，「上、上邪大人，您幹嘛一臉要殺人的衝進來……」這大樓的地基主在搞什麼鬼？等等就去拆了他的廟！

（毛髮捲曲、口裡冒煙的地基主OS：「也要我有廟可以拆呀……」）

上邪瞪起他那好看的眼睛，「我的問題？」

九娘唯唯諾諾，「不不不，是我們的問題……」她膽戰心驚的望著上邪，心裡覺得非常不妙。他清醒的時候比在咖啡廳廚房石化危險很多很多倍。她不禁懊悔，當初不該拿「仙家居」當把柄，誰都知道上邪有仇必報，小氣得很。

上邪很大方的往總編輯的椅子上一坐，「我剛剛見過翡翠了。」

九娘將頭猛然一抬，似乎看到一線曙光，「……她在哪？我的稿子……我非去鞭她數十……呃……」上邪魄力十足的眼神讓她把「驅之別院」吞了下去。

「她過得不好。」上邪不太自在的挪了挪身，「但她的家，我頂多到後陽台，進不去。」

怎麼可能？九娘狐疑的看著上邪。

上邪低著頭，心底舉棋不定。他當初浪游到西方天界的轄區，這才誤中匪類奸險的計謀，被梵諦岡那群卑鄙小人拘禁了千年；若是他安分待在東方，這種事情絕對不會發生。

一來是因為他的出身，二來是因為他和佛土的因緣極深。

他雖然恣意妄為，但也頗識時務。正因為他擅長遊走於這種灰色地帶，所以才能任自己的性子，過自己想過的日子。

「總之，我不能削了訶梨帝母的面子。」他輕嘆一聲，「管九娘，妳去把翡翠拐出來。」

「啊？」管九娘瞪大她妖媚的狐眼。

「妳不是要找她寫稿？妳不是結界獨步三界的狐妖管家？總之，去把她約出來，」上邪寫下地址，「這樣我才能夠在訶梨帝母的範圍外和翡翠說話。」

訶梨帝母？管九娘心底狠狠地打了個突。天哪，她怎麼會去惹到這種狠角色？

丁福保《佛學大辭典》提及：

【鬼子母】

本名訶梨帝。譯曰歡喜。以為五百鬼子之母，故云鬼子母。增一阿含經二十二曰：「降鬼諸神王，及降鬼子母，如彼暾人鬼。」初為惡神，後歸於佛為護法神。金光明經三曰：「訶利帝南鬼子母等，及五百神，常來擁護聽是經者。」最勝王經八曰：「敬禮鬼子母，及最小愛兒。」

這是人間的譯解。然而訶梨帝母又稱暴惡母、歡喜母。因為她以人為食，所以稱為暴惡母。又因為她出生時眾夜叉都十分歡喜，故喚為歡喜。在佛經上被稱為訶梨帝藥叉女。訶梨帝母雖然是吃人的惡魔，但是面貌卻十分秀麗。

她生育繁多，「五百子」只是形容數量龐大，事實上不只這些。但她喜歡獵殺人類的嬰兒給自己孩子吃，佛土世尊憐惜她愛子，但食人惡習又不改，所以將她的一個孩子藏起來。找不到自己孩子的訶梨帝母大聲哭號，到處尋找，哭到流出血淚。

世尊教誨她，「妳失一子即椎心刺骨，而被妳吃食的千萬孩童母親又如何？」

訶梨帝母就此醒悟，皈依世尊，成了保護婦女和幼兒的保護神。號為鬼子母。

一般來說，佛土諸佛不問世事，行事很是低調，和天界那票興風作浪的諸仙神頗為不同，但諸佛能讓天界諸仙神低聲下氣，也是因為佛土大能遠勝東方天界。

誰不好惹，去惹到訶梨帝母？需知鬼子母神雖然皈依世尊，卻是最有天界氣息的佛土神祇。她多生多育，獨占欲極強，善妒好狠，身分又高貴。

她是很怕書系開天窗，但她更怕自己的小命開天窗。

「……沒聽說訶梨帝母降臨到這個小島啊！」九娘還在掙扎。

「少囉唆！」上邪很霸氣的大喝，「妳沒聽過佛土就擅長什麼千萬分身？叫妳去就去，哪來這麼多囉唆？」

含著眼淚，九娘垂頭喪氣的拿起皮包。她什麼差事不好幹，幹什麼編輯呢？誰會想到幹個編輯也會幹到生命有危險哪？

硬著頭皮，她摸到翡翠娘家門口。深深吸了幾口氣，她按了門鈴。

她內心不斷祈禱，希望是翡翠出來開門，但事與願違，探頭出來的是個狐疑的老太太。

其實也不算很老，大約五、六十歲，肌膚雪白，還殘留著一些少年時的嬌嫩，只是讓一股強烈的煞氣籠罩。

幽怨到成煞氣，這也不簡單了。難怪她能呼喚鬼子母……九娘倒是稍微鬆了口氣。

這只是鬼子母的信徒，不知道是過度的幽怨還是什麼樣的偏執，讓鬼子母分了一點法力給她。

不過面對鬼子母的代言人，她還是戰戰兢兢。

「請問，翡翠住這兒嗎？」九娘打疊起精神，滿臉堆笑的問。原本收拾得乾乾淨淨的狐媚，在這種時候趕緊放出來救命。雖然是鬼子母的信徒，這位老太太依舊是人身，還受狐媚的制約。

她神情緩和些，「妳找翡翠做什麼？妳是什麼人？」語氣很不客氣，但已經沒有威脅性的煞氣了。

九娘陪笑著，「我是翡翠的編輯。找她有幾點事情呢。您是她姊姊吧？令妹在家嗎？」

老太太愣了一下，不太好意思的笑了起來，「我頭髮都白了，怎麼會是翡翠的姊姊？小姐真愛開玩笑……她是我女兒啦！翡翠！翡翠！妳的朋友來找妳！」

賭中了。九娘暗暗的鬆口氣。鬼子母好奉承的傳言果然無誤，果然千穿萬穿，馬屁不穿。天底下的女人都愛人誇獎年輕漂亮，就算是鬼子母也沒兩樣。

翡翠拉長聲應著，從後面走出來，看到九娘，臉孔大變，不知道該不該馬上鑽進房間裡。

「翡翠，妳可讓我找得好苦啊……」九娘笑吟吟的站起來，美麗的狐眼閃出凶光，「妳的稿子呢？」

翡翠扭捏了半天，「我、我可是寫過信去辭職的……」

九娘翻了白眼。妳是說那封只寫了「對不起，再見」的e-mail就算是辭職信？妳把我管九娘想簡單了！

如果不是礙著鬼子母化身在她們之間，九娘早就撲上去好好的「教育」一下翡翠了。

她暗暗的磨了磨銀牙，和顏悅色的跟翡翠媽媽說，「姊姊……哎呀，我老弄錯，伯母。是這樣的，翡翠跟我們出版社還有合約要解決，她家裡有事也不說一聲，現在出版社人仰馬翻了呢。好不好讓翡翠和我回出版社一趟，看這合約是要解除還是繼續，總編輯還等著我們回音……」

九娘的狐媚發揮得淋漓盡致，也把翡翠媽媽迷得頭昏眼花。她對這個嘴甜的小姐有著說不出的好感，破例開恩讓翡翠跟九娘出門。

翡翠只能低頭冒著汗，唯唯諾諾的穿鞋出去。

一出大門，九娘一把抓著她的胳臂，像是怕她逃了，連拖帶拽的將她架到幻影咖啡廳。

「妳最好給我一個合理的解釋！」她氣勢驚人的對著翡翠吼，翡翠一整個嚇得縮成一團。

「我、我……」她心虛的說，「能夠的話，我也想解釋……」

「妳對我家翡翠這麼大聲做什麼？」冷冷的聲音更有氣勢的出現了，換九娘縮了縮脖子。

什麼嘛……誰都比她神氣，誰都比她有魄力。區區一個小女人，在家有鬼子母的娘撐腰，出外有大妖上邪撐腰，我算什麼嘛……

不管在牆角耍陰沉畫圈圈的九娘，上邪抓著翡翠，皺著眉全身亂摸了一通，發現沒有傷痕，讓他鬆了口氣，卻又對著紅腫脫皮的手掌皺緊眉頭。

和我在一起的時候，翡翠一點苦頭也沒吃過！他壓在心底的憤怒緩緩上升。

我的翡翠！我的欸！我十指不沾陽春水的女人欸！

「好吧，該死的母猴子。」上邪粗聲粗氣的掩飾自己的心疼，「妳最好給我一個合理的解釋！」

她幽怨的看了上邪一眼，又看看蹲牆角的九娘。為什麼大家都要我給他們合理的解釋呢？

「啊就、就……就我也沒辦法啊……」她期期艾艾的說了自己的事情，想到解不開的癥結，忍不住淚凝於睫。

「妳的……呃，我們的……咳。」上邪不大自然的說，「反正那個孩子，他不知道為什麼，開了天眼，可以看到妖怪。我去他就學的高中看過了，很不巧，那所高中是妖族聚集受教育的地方。我想這是他不肯上學的主因吧。」

翡翠驚訝的看著他，「……你怎麼會知道？」

「所以說妳是麻瓜，還真的是很麻瓜。」上邪喃喃的抱怨，「跟我住在一起這麼久，感受力還是遲鈍得要命！妳老媽的問題比較嚴重……但也沒辦法了。跟我分手，吭?!連這點小事都搞不定還敢跟我分手，吭?!」

翡翠說不出話，只是拚命哭。

「好啦，我知道妳想我想得要命。」上邪咕噥著，他拔下銀白的長髮，幻化成戒指，戴在翡翠的手指上。

他將臉轉開，「我還以為是什麼大事……不過是個鬼婆，和一個看得到妖怪的死小孩罷了！妳真捨不得那小鬼，我們就帶回家養啊。」上邪的聲音變得很小很小，「有什麼妳要的我不給妳？死女人。」

翡翠本來以為自己哭得夠多了，卻沒想到她居然還有力氣嚎啕起來。上邪用銀白的大爪子拍了拍她的頭，將她抱在懷裡，嘆了口氣。

哭到筋疲力盡，翡翠終於冷靜些了。她靜靜的抱著上邪，「……但我還是不能夠跟你回家。」

上邪的青筋浮了出來。「……妳大腦不健全？」

「現在我媽需要我幫忙。她年紀大了，身體不好……而且……」她想分辯，卻被上邪冷冷的打斷。

「妳只是怕人家說話，說妳拋家棄子的跟小白臉同居。」

翡翠的臉孔瞬間漲紅，然後轉成蒼白。「……告訴過你不要偷聽我的心聲！」

「妳什麼都不講，我也只能這樣做啊！人類怎麼那麼多囉唆?!」上邪火起來，「既然同居不好，那就結婚啊！」

她瞪大眼睛。上邪……你真的知道什麼是「結婚」嗎？

「我不要結婚！」翡翠尖叫起來，「離婚很麻煩欸！」

「誰說妳可以離婚的?!」上邪啪的一聲打碎桌子，「我是誰？我是天地敬畏的大妖魔欸！妳今天才認識我？」

「你又不懂什麼叫做『結婚』！」翡翠暴跳起來，「你又沒結過婚！」

「誰說沒有？」上邪理直氣壯，「我們在網路遊戲結過婚啊！」

翡翠被氣糊塗了，哇哇大叫，卻不知道自己在說什麼。

「妳的稿子很緊？」狐影的聲音充滿同情。

九娘無聲的哽咽了一下。

他無言的看看沒有屋頂的咖啡廳，「我的屋頂也……妳知道的，梅雨季就要開始了。我花了不少仙丹才買通雨神暫停下雨，但也擋不了太久……」

一妖一仙同時發出疲勞的嘆息。

「看在我是你老闆，又比你了解人類的份上，能不能讓我來處理這件事情？」狐影開口了。雖然他實在不想管太多閒事，但是讓上邪莽莽撞撞的橫衝直撞，繼續炸屋頂……他還是管一下好了，反正不多他這一件。

沒想到上邪卻一口回絕，「用不著，我有我的辦法。」他轉頭吼翡翠，「閉嘴啦，女人家惦惦，吵什麼吵！妳先跟小管回去……妳可是戴了我的戒指。想賴帳？沒門兒！去去去，還吵？妳還欠小管十萬字的稿子，妳不先想該怎麼辦？」

除了做點心和炸屋頂，你能有什麼辦法？狐影幽怨的洗杯子。

「十萬字？」翡翠渾忘了跟上邪的爭執，臉孔整個褪了顏色。

我的稿子有希望了？九娘跳起來，「期限是一個禮拜！」

「好，沒問題。」上邪將翡翠推到她面前，「妳去搞定翡翠的娘，翡翠就生給妳。」

「不！有問題，有很大的問題啊！」翡翠驚恐的想抗拒。

九娘獰笑著，有種恐怖的豔麗，「既然上邪大人說沒問題，那當然是沒問題囉～放心，妳娘交給我搞定，妳只要別讓書系開天窗就好……」

翡翠讓九娘拖走，眼神充滿絕望。她不確定是母親讓她害怕些，還是十萬字的稿件讓她更恐懼。

回頭瞥見上邪胸有成竹的微笑，她有種極為不祥的預感。

＊　＊　＊

岑毓無法肯定他眼前的這位豔麗編輯到底是不是人類。

他分不出來，但總覺得有股緊張感。自從他的「能力」萌芽之後，他對陌生人都有著濃重的不信任，自己都擔心會不會已經步入瘋狂。

媽媽倉促的收拾了行李，嚴厲的外婆居然沒說什麼，只是和那位豔麗的編輯閒聊。他很想抱著媽媽的後腰，哭著要她別去……那個編輯那麼可疑，他真的很怕媽媽一去不回。

但他已經是步入青春期的少年，這樣實在太丟臉。

他的媽媽有些魂不守舍，神情和那天在後陽台遇見那隻人臉獅子一樣恍惚。那天之後，不知道為什麼，他們都很有默契的不去談這件事情。

「哦？沒事的。」她心不在焉的摸摸岑毓的頭，「我寫完稿子就回來了。」

他只能憂鬱的望著母親的背影，悶聲不吭的坐著。等大門關上沒多久，外婆如夢初醒，「啊我怎麼讓她走了？衣服誰洗？家裡誰打掃？我還要帶小孩呢！……你看你媽真是沒有責任感，說走就走了……」

岑毓氣悶的站起來，一言不發的走進房間。不是他不想理外婆，而是說什麼都不對，那還是少開口為妙吧。

坐在書桌前面，他瞪著書，卻一個字都沒看進去。一種強烈的視線感，讓他猛然轉頭。

那隻長了人臉的大獅子居然漂浮在他的窗外！

他跳起來，想奪門而出。那隻大獅子居然笑了。

「唷，翡翠的小孩是個只會逃跑的膽小鬼啊？難怪她都不提呢。」

岑毓憤怒的轉身，「你說誰是膽小鬼?!」

上邪暗暗的搖頭。所以說遺傳真是可怕，這種沉不住氣的個性像了個十成十。但因為這種神情、這酷似的容顏，讓他的心柔軟下來。

「好啦，我騙你的。」上邪的聲音柔和下來，「她心裡總是惦著你。」

岑毓眼眶一熱，猛然的將頭一低。「你這妖怪，你懂什麼？」岑毓低吼，試圖掩飾幾乎流下來的眼淚。

上邪輕蔑的看著他，「有什麼我不知道的？我跟翡翠住在一起有段時間了。她那點心眼兒想瞞我？多去修煉個八百年看看。我還知道……」他露出魅惑的笑容，「你看得到妖怪，而且深受困擾，對吧？」

他有些氣餒的發現，這死小鬼和翡翠有著相似的體質，他的魅惑一點用處也沒有。

岑毓只是張大嘴巴，「……你說你跟我媽住?!你是我媽的……?!」

上邪困惑的看了他一會兒，有點摸不著頭緒。不過他好歹是個好學的大妖，雖然不那麼愛看，等卡通的時候也墊檔看過不少連續劇。一般來說，子女會反對父親或母親有其他伴侶，都是怕「爭家產」。

是說，他這樣一個神通廣大的大妖魔，要那些無用的家產做啥？翡翠除了幾本賣不出去的破書，也不見有什麼家產。

「對，我是跟翡翠住在一起的『小白臉』……不對不對，」他順著岑毓的心聲說，猛然醒悟，不禁勃然大怒，「什麼小白臉，沒禮貌！我若跟你媽結婚就是你老北了，什麼小白臉小黑臉的？」

岑毓倒抽一口氣，這妖怪拐了他老媽不說，還肖想當他繼父？門都沒有！「你作夢！」他氣急敗壞的大吼，「你離我媽遠一點！我可是有絕招的！」

「撒鹽巴？」上邪嗤之以鼻，「你那三腳貓都不算的小伎倆，還是拿去嚇唬路邊的雜魚就好，別拿出來給人笑。都什麼時代了，你媽結婚還要你批准啊？你媽不是人？不可以有七情六欲？是她要嫁又不是你要嫁，你緊張什麼？」

他畢竟還是個小孩，被上邪一搶白，頓時語塞。情急之下，他搬出外婆，「阿媽也不會答應的！」

「我也不是要娶你外婆。」上邪對這樣的抬槓興致很高，「她答不答應關我鳥事啊？不過她會答應的，這不重要……」

不對。上邪心裡大悔。他是來跟這死小鬼打好關係的，怎麼一直跟他抬槓？但為什麼要娶翡翠，還得連帶擺平這小鬼？本來想只要魅惑有效，這小鬼就會乖乖聽話，哪知道這小孩不但長得像他媽媽，連體質都有些相類似。

除了他媽媽是個標準麻瓜，而他附帶了太靈敏的妖怪雷達。

上邪很努力的「勸導」岑毓，但是頻頻被打岔。他原本耐性就不高，這下更是火氣沖天。

問題不就很簡單？這死小鬼不肯去上學，讓翡翠自責內疚，而這死小鬼不肯去上學是因為看得到妖怪，不巧他念的高中是個妖怪窩。

只要他不要龜縮在家裡，接受這個事實就好了嘛。若他和翡翠結了婚，愛屋及烏，當然是會罩這死小鬼啊！放眼都城哪個眾生活得不耐煩，敢碰他罩的人？別說妖怪，神仙也不敢吧?!

這死小鬼的心結若打開了，翡翠真的捨不得，帶回去養就是了。多雙筷子而已，學費也沒多少錢。他看過翡翠幫他存的存摺，後面六、七個零他都懶得數了，十個小鬼都養得起，何況他一個？

至於那個老妖婆比較麻煩，不想扯破臉而已，真要「處理」，也沒麻煩到哪去。

為什麼這麼簡單的問題，這死小鬼來來去去就只會對他張牙舞爪，跳針似的要他離翡翠遠一點？

「你好好聽我說行不行?!」上邪真的要抓狂了。「妖怪也不過就是移民。你能接受外國人，為什麼不能接受妖怪？」

「我絕對不會同意你和我媽結婚的！你是不是有什麼企圖？我知道了，你想吃了我媽再吃我！」

我說什麼你說什麼？需要這樣雞同鴨講嗎？

「閉嘴聽我說！小孩子有耳無嘴！」上邪聲震屋宇的吼了起來，天花板的灰塵簌簌掉落。

等他驚覺自己聲音太大時，房門已經打開了。翡翠的媽媽走了進來，眼神朦朧溫柔，「上邪君，我家有小兒在睡覺，你就不能聲音放輕一點嗎？」

上邪的臉孔轉為陰沉，到這種地步，顧不得會不會撕破臉，他穿窗而入，瞪著眼前這位老太太。「……訶梨帝，妳不在佛土靜修，附身在人類身上做什麼？」

翡翠的媽媽……或說，訶梨帝母，少女似的掩口而笑，神情嫵媚蕩漾，「上邪君，你也知道佛土沉靜，我悶得緊。連世尊都發下封天絕地令，我要出來透透氣都不行……

也只能這樣隨著信徒的『念』來玩玩罷了。孩子真是可愛……」她愛憐的撫摸岑毓的頭，「哪怕是人類的孩子也這般可愛。」

「妳的孩子……都大了吧。」上邪語氣淡然，踱到她和岑毓中間，擋著她。

「是長大了。翅膀硬了，都飛了。」訶梨帝母露出怨恨的神情，「都飛了。」

「那也不該附身在人類身上找補吧？」上邪揚高聲音，「妳這樣隨便控制人類的暴怒，好將子嗣都聚集在妳身旁，妳不怕我一狀告到世尊那兒去嗎？」

「唉，我怕啊。」訶梨帝母柔柔的嘆口氣，「我怕得很。所以你來我家多回，我都裝聾作啞。哪知道你趁我不在的時候，讓那隻小狐狸拐走我的女兒，現在又要來拐走我孫子。我怎能讓這種事情發生呢？」

「訶梨帝！這些是翡翠母親棠瑤的子嗣！並不是妳的！」上邪暴吼。他的聲音是那麼大，像是這天地萬物都與之起了共鳴，原本貪戀岑毓的氣徘徊不去的小妖小怪，被這宛如九雷的聲音震得灰飛煙滅，稍有修行的掩耳而逃，不敢多留片刻。

「這麼多年了……我都忘了你的獅子吼呢。」訶羅帝母慵懶的點了點臉頰，「兩千年有罷？我們也算是故人了。這麼吧，你若真的喜歡翡翠，那你留著好了。反正那女孩兒我也不喜歡。但是岑毓……是我最疼愛的長孫，你得將他留下。」

其實交涉到這種地步，已經算是很成功了。訶梨帝母善妒、占有欲強烈，能讓她鬆手一個孩子，哪怕是她所不喜的孩子，可以說是最大的讓步。

反正那小鬼也討厭他不是嗎？就讓他待在鬼子母的家裡吧。

但是一回頭……岑毓那張稚嫩的臉孔，卻隱約有著翡翠的影子，翡翠的氣息。連他呆若木雞、驚慌失措的模樣，都和翡翠相似極了。

「……辦不到。」上邪脫口而出，「他是我的繼子。卻和妳半點關係也沒有，訶梨帝。」

「辦不到？辦不到?!」訶梨帝母呵呵笑了起來，神情越來越豔，卻也越來越恐怖，「你對我暴惡母說辦不到?!上邪，諸佛讓你，我可不怕你這小小後輩！」

「閃邊。」上邪低聲對著岑毓說。

「啊？」

「啊什麼啊……你怎麼跟你那少根筋的老媽一樣！」上邪敏捷的撈起岑毓，書桌應聲而碎，「叫你閃邊你還跟我啊什麼啊！」

訶梨帝母一擊不中，又舉起巨大的鬼爪，抓了過來，這次連床都四分五裂。

上邪只能抱著岑毓東逃西竄，心裡湧起大大的不妙。世人只知道訶梨帝母曾以人子為食，卻不知道她曾經因為忌妒長子即將娶妻，而將長子撕裂吞噬。

她的母愛濃郁而偉大，卻也是侵占而瘋狂的。若不是世尊壓抑著她的這份狂野，她的孩子大概沒有長得到成年的。

要打當然可以打，上邪怕過誰？除了梵諦岡那票狗子取得克制他的配方，還有誰能和他抗衡？但訶梨帝母此刻附身的宿主是翡翠的娘，開打的地點是翡翠的娘家……真的一古腦打爛，他和翡翠真的就吹了。

「……人類，怎麼那麼多囉唆!?」他大吼，抱著岑毓衝出窗外，飛了出去。

訶梨帝母的臉孔扭曲，猙獰如鬼臉，「你能逃去什麼地方？把我的孩子還來！」她邊叫著，也邊飛著追了上去。

抓著岑毓騰空飛起，他回頭望，訶梨帝母緊追在後。

他可是藏首縮尾之徒？他怒極想反擊，卻瞥見懷裡緊緊抱住他脖子的岑毓。這孩子的臉……酷似翡翠的臉，這樣的蒼白。

嚇壞了翡翠的孩子，翡翠一定不開心的。

悶不吭聲的轉身飛逃，「……害怕就閉上眼睛。」

「誰、誰說我怕了？」岑毓回嘴，卻把上邪抱得更緊。

「……人類真煩。」他發著牢騷，更催緊了速度。

佛土世尊雖然慈悲，卻治下甚嚴。天界喊著要封天絕地，喊了幾千年了，還在慢騰騰開會，吵個沒完沒了，有執行跟沒執行根本沒兩樣。世尊倒是二話不說，說封就封，諸神佛也無人違逆。

訶梨帝母當然也不敢違抗，但上邪出生以來都在世尊保護下長大，很清楚訶梨帝母的能耐。她宛如天下母親的綜合體：擁有最聖潔的奉獻和最邪惡的獨占欲。這讓她即使只有「念」，也能讓上邪感到棘手。

但在這麼遙遠的距離操縱人類這樣脆弱的容器，即使是擁有大能的訶梨帝母也會感到吃力，這就是上邪現在試圖做的事情：消耗她的神力。

而且訶梨帝母在佛土這樣犯規的使用大量神力，一定會被世尊發現。只要世尊制止她，上邪就可以不動干戈，逼她回歸佛土。

上邪雖然驕傲自大，但他很清楚自己的斤兩。逼不得已，他會扯破臉和訶梨帝母相持，但他無法同時維持結界和訶梨帝母打鬥，難免要在都城甚至這個小島製造一些災難。

管理者干涉還是小事，他不可能在生死搏鬥中，保住翡翠的孩子。

靈光乍現，我們身在都城，而都城是有管理者的。

他宛如光速一閃，投身到都城錯綜複雜的小巷，沒命的拍著某個沒有鐵欄杆的小窗。「管理者！舒祈！妳不要跟我裝死！快要出人命了！」

小窗霍然打開，「上邪君，我工作很忙……」舒祈蓬頭垢髮的臉孔滿是憤怒和忍耐，瞬間轉為錯愕和不敢相信，「訶梨帝母？」

她想關上窗戶，卻被上邪死死的扳住，「妳能逃去哪？妳總是要面對的吧？」

向來氣定神閒的舒祈，帶著厭倦微笑的舒祈，臉孔刷的雪白。她被擊中一個隱痛，一個致命的弱點。

她太小看這個可以看透人心的大妖魔，世尊豢養的大妖魔。

「有些母親是鬼子母的信徒，明裡暗裡將身心獻給她。妳的母親也是當中的一個嗎？」

「……你不懂，我無法違抗……我無法違抗訶梨帝母……」她完全失去管理者的氣勢，像是一般的中年女子，為了血緣這種暴力關係無能為力的軟弱女人。

在他們交談的時候，訶梨帝母已經追蹤而至，她伸出巨大的鬼爪抓了下來，目標卻是上邪懷裡的岑毓。

為了怕被搶走，所以想吞食下去嗎？

眼見避不過去，上邪迴身相護，硬生生挨了這一下鬼爪。但鬼爪的氣還是劃破了岑毓的臉孔，飛濺出鮮豔的血，那血就這樣染上了舒祈的臉龐。

她沾了沾臉上的溫暖，看著指上的血發愣。她深呼吸，厲聲，「得慕，動員令！」

她破例命令得慕出動軍隊，這也是第一次，她挺身違抗訶梨帝母。

在這之前，她一直是旁觀者。冷冷的看著諸界眾生，嚴守自己中立人類的立場。她狷介到簡直無理的地步，真正操心這些紛爭的是得慕，她也都交給得慕處理。

但在這一刻，有種長久壓抑的情感終於爆炸了。對母親的孺慕和怨恨，都一起發作起來。

「嗡弩弩摩哩迦細諦婆賀。」她冷冷的對著在她窗前行兇的訶梨帝母說了這句。

「這是世尊賜給我的真言，妳拿這來驅散我？」訶梨帝母笑了起來，然後張大眼睛。她居然讓這句真言颳上天空，完全不能前進，然後被舒祈的鬼魂大軍團團圍住。

無言的、冷冰冰的鬼魂，像是半透明的海洋，像是一種禁咒，讓她無法動彈。

擁有大神通力的她，瞠目望著那個容顏平凡，已有衰老之貌的中年女子。

「妳能奈我何？」訶梨帝母嘲諷的，容顏漸漸變化，變成舒祈母親的模樣，「我是妳的母親！我是世間所有生物的母親！妳能對我怎麼樣？我要回自己的孩子有什麼不對？他們是我生的，我既然生了他們，他們就該順從我！」

舒祈慘澹的笑了笑，「媽，妳說得對，但也不對。妳若要用這種感情脅迫子女，那不如別生下我。我……並不是生來當親情的奴隸的。」

只有一些母親，一些特別偏執的母親，在心裡敬奉著鬼子母，也讓自己成為鬼子母的化身。

若說世界上有什麼是舒祈感到恐懼的，不是魔王天帝，甚至不是凌駕天界的世尊，而是母親，她那化為鬼子母的母親。

「媽媽，我長大了。」為了怕母親傷心，她一直忍在心裡的話，終於可以說出口，「妳該放手了。」

訶梨帝母聽了這句話，像是被利刃穿刺了心。整個都城的意志一起脅迫而至，連同鬼魂大軍的靈力，讓她發出絕望的哭喊。

孩子為什麼要長大？為什麼要長大？為什麼都會離開？她不能忍受這種空虛。

「妳驅除我又有什麼用？所有的母親都會渴望召喚我，召喚我！」她聲嘶力竭的叫著，「沒有用的，沒有用的！」

「我知道沒有用。」舒祈冷冷的回答，「但現在，我不要妳在我的都城裡出沒。」

她合掌，割斷了訶梨帝母的「念」。

雖然不甘願，上邪還是去撈起暈厥的老太太，不然從半空中摜下來，他很難跟翡翠交代，那團肉餅是她的娘。

「這種事情還是找妳解決比較快。」上邪算是稱讚的說。

「……拜託你閉嘴好嗎？」

翡翠的母親病了一場……最少她以為她病了一場。

在病中，翡翠被禁足趕稿，岑毓打電話給小舅舅，哄著還是嬰兒的表弟，處理家務，服侍湯藥。

棠瑤有些迷惑的看著她親手帶大的長孫，不懂這樣貼心的孩子，為什麼老對他口出惡言。

就是一種焦急、一種煩躁，總是害怕子女甚至孫子棄她而去，忍不住要刺探、譏諷，甚至惹得他們哭泣發怒，這才覺得自己在他們心目中有一席之地。

為什麼我之前要這樣呢？棠瑤很迷惘。為什麼我不能好好跟他們說話，或者說，好好聽聽他們想說什麼？

兒子急匆匆的回來，帶她去看醫生，躊躇很久，「……媽，岑毓還是小孩子，讓順芳……順芳回來照顧寶寶和妳，好不好？」

順芳是兒子的前妻。說起來，順芳很伶俐，也很能幹。就是嘴巴快了些，直了點。明明她是個好媳婦兒，為什麼要對她吼、對她穢語，像是對待仇人？

她不懂。她不懂以前的自己。

「你不是交女朋友了？女朋友不說話嗎？」

兒子紅著臉孔轉過頭去，她想了一會兒，明白了。所謂的「女朋友」大概是順芳，他們就算照她的心意離了婚，還是沒有分開。

「你讓順芳回家來吧。」棠瑤嘆了口氣，「我不知道幹嘛對她拚命挑毛病……她是個好太太。」

兒子瞪大眼睛，像是他老媽長了第三隻眼睛出來。

棠瑤只覺得很疲憊，一種溫和、舒服的疲倦。曾經充滿她身心那種高漲、急躁的精力褪去，她突然覺得沒有什麼好計較，她老了，她需要休息。

緊繃臉孔回到家裡來的順芳懷著沒有消散的忿恨，她根本不想看到這個惡鬼似的婆婆……但她的孩子還不滿周歲，她放心不下。

等她看到婆婆的時候，愣住了。

是不是太久沒見面，她忘記婆婆的長相？眼前這個溫和、柔軟、蒼老而美麗的女士是誰？

她懷著戒心，照顧著寶寶，也照顧著病中的前任婆婆。過去可怕的經驗讓她恐懼，她怕是婆婆另一個惡毒的詭計。

強烈的憂慮讓她直到孩子上小學才答應和前夫再婚，這個曾經破碎的家庭才得以完整。而她大病之後的婆婆一直保持那種樣子，溫和而滄桑，帶著寬容的美麗老去。

此是後話。

＊　＊　＊

等翡翠兩眼充滿紅絲的趕完稿子回到家中，突然覺得天翻地覆。

她那咬牙切齒終日罵個不停的老媽據說生了一場病，病後像是變了一個人，她都懷疑老媽是不是該去看精神科大夫。

戰戰兢兢好幾天才接受這個好到簡直可怕的事實，而她的兒子悶不吭聲的背起書包去上學了，臉上貼著ＯＫ繃。

「你的臉怎麼了？」她想看看兒子的傷口。

岑毓敏捷的閃過去，「會癢啦，媽……指甲刮到的。」他含含糊糊的回答，「我快遲到了。」

他那容易被轉移注意力的老媽立刻被唬弄過去，等回神要問，兒子早就搭車走掉了。

這是怎麼回事啊？

好不容易鎮靜下來，繃著臉孔的上邪，穿戴得整整齊齊（還是一頭及腰的銀白長髮），提著一個大大的竹編禮籃，上門說：「訶梨……呃，我是說，伯母，請把翡翠嫁給我。」

翡翠差點把嘴裡的開水噴出來，她嗆咳到散髮臉脹，差點一口氣上不來，活活嗆死。

「誰跟妳搶水喝？」上邪對她皺眉頭，「毛毛躁躁的，怎麼都沒有進步？」

好不容易順過氣來的翡翠對著他張大嘴，好一會兒才找到自己的聲音，「你的頭髮……」

上邪臉孔抽搐了一下，「……跟妳說過這沒辦法。」

棠瑤看看帶著驚人美貌的上邪，又看看她平庸微胖的女兒。她早聽說女兒有個漂亮男朋友，但沒想到這樣的漂亮，也不知道他年紀這麼小、這麼時髦。

但是這樣時髦漂亮的男孩子，卻提著裝了大餅、禮餅、米香餅、禮燭、福圓、金飾等六件禮的古老禮籃，上頭還擺著紅包袋。

來提親，連大小聘都帶來了，依足了古禮。

（雖然說，紅包袋裡放的是台灣銀行開出來的本票。上面幾個零就不要算了，總之，夠讓上邪綁在幻影咖啡廳很久很久很久很久……）

「你的頭髮……」棠瑤好一會兒才開口。

上邪好看的臉又一陣抽搐，「……身體髮膚，受之父母，不敢毀傷，孝之始也。」

這倒讓棠瑤沒得說了，「這種事情，應該讓父母知道。」萬一這孩子沒成年，擔個「妨害家庭」還是什麼的罪名，那就不好了。

「我父母親都過世了。」上邪很乾脆，「如果需要大媒，我可以請我咖啡廳的老闆來。但結婚到底是我的事情，我覺得親自來一趟比較好。」

「翡翠年紀不小了，婚事要看她決定。」棠瑤覺得不太妥當，但她不想反對。沒名沒份同居著總不是辦法，人家不嫌棄願意娶，當然是最好的。「她還有個孩子。如果跟你們住不方便……」

「很方便。」上邪緊繃了聲音，「翡翠的孩子就是我的孩子。」

棠瑤盤問了一會兒，雖然覺得怪怪的，但沒有什麼意見。「我當媽媽的，也沒什麼話好說。」

翡翠驚駭的看著她的老媽。什麼時候老媽這麼好說話了？不對不對，老媽沒話好說，我可是有話說啊！

我不要結婚！開玩笑，結過一次就很淒慘了，為什麼我還要再去自掘墳墓啊?!

「我不……」她想抗議，卻在上邪充滿壓力的眼神裡頭遲鈍下來。

「妳戴著我的戒指喔。」上邪低聲、咬牙切齒的，「而且妳欠我一次。」

「我欠你啥？」翡翠驚恐了。

「妳欠我欠大了！莫名其妙跟我分手，有沒有？妳說，妳說啊！妳以為妳拉鋸子，拉扯的是什麼？是我……肉做的心啊！」上邪說得虎眼含淚，頗有人間四月天的氣勢。

「……就跟你說過，電視不要看太多。」

在翡翠還搞不清楚狀況的時候，她和上邪結婚了。最意外的是，她的寶貝兒子不但沒有反對，還問能不能去跟他們一起住。

上邪乖戾的說，「那當然，臭小子，你要學的還很多呢。」

岑毓冷淡的看著齜牙咧嘴的上邪，冷淡的回答，「你別想我會叫你爸。」

「臭小子！」「死妖怪！」

在他們互相叫罵的親暱（？）中，翡翠突然覺得她未來的日子不知道會是多采多姿，還是多災多難了。

第三章 三人行

岑毓去參加翡翠和上邪的婚禮。

說是婚禮，也不過是去公證人那兒蓋蓋章，舉行一個簡單到不能再簡單的儀式。他的老媽還呈現極度驚愕的狀態，不敢相信自己居然又嫁了出去。

當公證人詢問，「……林翡翠小姐，妳願意嗎？」

這時翡翠大夢初醒，含著眼淚，「……能不能說不願意？」

「妳以為妳拉鋸子？妳拉扯的是……」上邪痛心疾首的又開始了他的「人間四月天」。

「我願意我願意，你說什麼我都願意，別演了……很丟人的……」翡翠幾乎啜泣起來。岑毓同情的看著老媽，瞥見上邪的簽名。「……妖怪也有姓？你姓趙？」

「當然不是，」上邪很理直氣壯，「反正一定要身分證，身分證上一定要有姓氏，百家姓第一個字就是『趙』啊。隨便啦，有就好……」

他深深懷疑他的妖怪繼父到底有沒有身處人間的常識。

這場荒謬的婚禮只花了二十分鐘，上邪提著翡翠和岑毓的行李，一起搭計程車回家。

「……就這樣？」岑毓難以相信。他雖然才高二，到底也跟外婆參加過喜宴。哪有人簽個名，聽公證人唬爛兩句，就算結婚了？連兩個證人都是路邊拉的欸！

「不然呢？」上邪仔細回想整個流程，他可是鉅細靡遺的在網路搜尋過，還查遍了六法全書，才找到這樣合法又迅捷的結婚方式，這死小鬼居然質疑他。「我保證一切合法，不但符合人間律條，而且完完全全遵照憲法和六法全書的規定比照辦理的！我還可以背給你聽。根據民法第……」

「行了行了，」岑毓有些受不了，他跟一個妖怪計較婚禮隆不隆重做什麼？他老媽都不計較了，「不用背給我聽了。」

翡翠還怔忪著，「……我結婚了？我又結婚了？我不是死都不要結婚的嗎？為什麼我又嫁人了……」翻來覆去就這幾句話。

開車的計程車司機小心翼翼的從後照鏡瞥了瞥這家子怪異的「人」，不知道為什麼，打從心底有些發毛。

饒是上邪藏得這麼仔細，但他身具夾雜著神威的妖氣，氣勢不同凡響。他又挨了訶梨帝母一爪，沒有好好調養就奔忙婚事，難免疏神氣倦，也就有些欠掩飾。

平常他在幻影咖啡廳當他的點心師傅，來往的幾乎都是「移民」（他們當然沒感覺），鮮少在人間行走，但是現在他真的累了，可憐的計程車司機就首當其衝。

計程車司機也不知道自己在怕什麼，一路簌簌發抖，像是得了瘧疾。

等這群怪異的「人」下了車，那位銀白長髮的少年拿了張千元大鈔給他。他抖著手找了零，那銀白少年瞥了他一眼，語氣淡淡的。「賭到要妻離子散尚不醒悟，真要等家破人亡？小孩的奶粉錢都拿去賭，你是人類？你當什麼爸爸？」

計程車司機的頭髮全體豎立，張大嘴看著上邪。只見他容貌絕美，但是那美麗的瞳孔卻帶著陰森森的鬼氣。

他怎麼知道他怎麼知道他怎麼知道?!

好一會兒，司機才找到自己的聲音，「我、我這就戒了賭……」

「哼哼哼……」上邪冷笑，露出潔白而銳利的細小虎牙。

「我戒賭！我戒賭！我一定戒賭！」他眼淚鼻涕一起噴出來，頻頻叩首，「大仙饒命……我一定戒賭……」

等他抬起頭，那家子「人」都沒了影蹤。

「鬼、鬼鬼鬼啊～」他尖叫，猛催油門，歪歪扭扭的狂奔而去。這個差點因為賭博和老婆離婚的計程車司機，回去大病一場。

病好了真的戒了賭，連他老婆都不敢相信。

他怎麼敢賭？當他起了賭癮，眼前就出現那個銀白少年的詭異冷笑……後來這位司機每天回家吃晚飯，當起慈祥的爸爸。

他可不希望夜晚閒晃的時候，又遇到那家子嚇死人的「鬼」。

* * *

「……你跟他說什麼？」岑毓看到司機尖叫著狂駛而去，心裡覺得有些不太妙。

「我只是跟他說，當爸爸要有責任感。」上邪絕美的臉孔有著專注的嚴肅。當然，除了「道德勸說」，他還使了一點點障眼法，在那司機的心魔上面動了一滴滴手腳。

當初舒祈告訴他，要想要了解翡翠，就得要試圖當個「人類」。像他這樣勤奮好學、聰明智慧的大妖魔，當然是翻遍所有資料了解人類的社會結構和倫理道德。

瞧瞧，我現在多像個「人」，還是個「居家好男人」。上邪驕傲的挺起胸膛。要當人類當然要像我這樣，有肩膀，有擔當，愛家愛妻愛小孩……

他和岑毓的眼光交會，湧起一個充滿父愛的笑容。

但是看在岑毓眼底，卻在兩臂湧起密密麻麻的雞皮疙瘩。「……妖怪，你抽筋？」

上邪臉一垮。「……死小鬼！」

能不能把「愛小孩」這條劃掉？他現在有點想掐死繼子的衝動……

＊　　＊　　＊

在上邪邀請岑毓一起住的時候，很嚴肅的和他有過一次「男人的對話」。

「我希望你明白一點，」上邪專注的望著他年輕的繼子，「翡翠的工作就是寫小說。」

岑毓有些莫名其妙，「我當然知道。」

「不，你不知道。」上邪很人類的嘆口氣，「翡翠不是喜歡寫小說，而是愛死了寫小說。我相信她不會成為瓊瑤那樣的天后，但她會是言情小說界的海倫凱勒。」

「……我知道海倫凱勒。」岑毓更糊塗了。但是那位身殘志不殘，盲聾啞三重苦的傑出女性，和他的老媽會有什麼關係？

「等你搬來你就知道了。」上邪遲疑了一下。他很愛翡翠，就算翡翠什麼都不會，煮飯像稀飯，稀飯像糨糊，洗個衣服都成了染缸，他還是愛翡翠。

啊，我的翡翠……妳真當我不明白嗎？妳真當我不明白嗎？我如果沒有愁過妳的愁、沒有思慮過妳的思慮，我就不配說我愛妳。

（整套人間四月天的薰陶不是假的……）

（你也知道，初戀總是比較蠢的。就算是聰明智慧、活到三千六百歲的大妖怪也不例外……）

幸好他的繼子沒能遺傳他讀心的本領，不然可能將晚餐歸諸於大地或馬桶。

「總之，你到家裡是不可能當少爺的。」上邪謹慎的告訴他，「你要會打理自己，我在家就沒差，我若不在家，你留心別讓自己餓死，或讓翡翠餓死。」

本來他是不懂的，等他跟老媽共同生活了幾天，他懂了。

老媽回到家裡，歡呼一聲，含淚抱住她心愛的電腦。

然後？哪有什麼然後？

然後她就像長在電腦前面的植物，根深蒂固的拚命打字。不打字的時候就張著嘴發呆，什麼也看不到、聽不到，當然也不會說話。

……原來言情小說界的海倫凱勒是這樣的「海倫凱勒」法。果然盲聾啞三重苦。岑毓翻了幾本老媽的大作，又悄悄的放回去，他承認自己慧根不足，言情小說界「海倫凱勒」的鉅作實在無法消化。覺得他的妖怪繼父真的很含蓄，很包容……他不知道該不該感動。

默默的，他自己洗自己的衣服，打開冰箱，總有妖怪繼父留給他的便當，居然還有他老媽的便當。但總要等到他放學，才發現老媽在「趕進度」。

「……老媽，妳午餐又沒吃。」他語氣有些責備。

翡翠總是心虛的嚥下滿口的飯，「……在吃了。」

傍晚五點半的午餐？

「……晚餐妳還吃得下？」他執拗繼父的興趣就是鑽廚房。最近他迷上《大使閣下的料理人》這套漫畫，每天晚餐都穿上整套燙得筆挺的廚師服，將晚餐用推車推出來。

雖然他家廚房離餐桌不到十步。

第一次看到這種陣仗，岑毓連嘴巴都闔不起來。等上邪得意洋洋的「論菜色和國際政治動向之展望和願景」發表一輪之後，岑毓只覺得腦門一陣嗡嗡叫。

不斷微笑的翡翠暗暗跟他說，「不錯了。以前他迷《中華小廚師》的時候，掀開蓋子會有『仙女』飛出來。」

「……仙女？」他的聲音微微發顫。

沉默了片刻，「蒼蠅、蚊子……有回比較特別，是隻蛾……變出來的。」

……

「你們有沒有在聽啊?!」上邪哀怨了。這些菜的前置作業很漫長欸，他很辛苦的收集資料，還絞盡腦汁寫演講稿。

「有有有。」翡翠拚命點頭，「你繼續。」

你不繼續，我的「午餐」還沒消化完呢。

「……老媽，你要不要散個步，做點運動？」岑毓遞開水給他寫了一整天不吃不喝，直到現在才吃「午餐」的老媽，「妳只剩下一個半小時可以消化了。」

翡翠發出類似嗚咽的嘆息。

這其實還是比較好的狀況。

雖然把三重苦的老媽丟在家裡寫小說，自己去上學不大放心，但是回來通常可以看到她活得好好的，既沒餓死也沒渴死，深深感到生命本身真是強大而堅韌。

糟糕的是，當她從三重苦狀態退出來以後，往往會跟岑毓「聊天」。

坦白說，岑毓這個早熟的少年，還是很愛自己老媽的。老媽願意跟他聊天當然很開心，但是……

但是他老媽開金口的時候，通常都很令人尷尬。

他想盡辦法終於以「到廚房幫忙」這種鳥理由倉皇出逃時，臉孔已經跟番茄沒兩樣。

正在嚴肅的煮義大利麵的上邪，奇怪的看了他一眼，「有不長眼的妖怪追到家裡？」他還伸長脖子探出去看。

岑毓悶聲不吭的撿起馬鈴薯，開始削皮。「……我發現我越來越不了解老媽。」

上邪望著鍋子裡的麵條，淡淡的問，「她問你什麼時候失去童真？」

岑毓差點削到自己的指頭，「你……你怎麼、怎麼……」他雙手護胸，驚恐莫名，「你尊不尊重人啊?!尊重兩個字會不會寫啊?!你怎麼可以隨便偷看別人的……」

「我沒有好不好，」上邪不耐煩了，翻攪著番茄醬，「你又不是翡翠，我看你做什麼？翡翠前天才問過我相同的問題。你早點習慣吧，她寫不出來的時候都會拿身邊的人取材。」

「……你說什麼？」岑毓感到大事不妙。

「而且她對取人名很不擅長，所以你的名字可能會被她拿來當男主角。」

「你說什麼?!」岑毓大吼了起來。天哪～他的同學老師有些是老媽的讀者，若是……他還要不要做人啊?!

「萬一你被她逼不過，說了自己的戀愛史，往往會被她扭曲事實曲折離奇的寫進小說裡。」

岑毓瞪大眼睛，愣愣的望著他的妖怪繼父。「……媽！妳不要把我跟班長的事情寫出來！我跟她什麼都沒有！我沒有喜歡她、沒有！妳顧及一點我的自尊心好不好！」他一邊鬼叫一邊衝出廚房。

上邪搖了搖頭，氣定神閒的。身為作家的親屬，就該有被剝皮的覺悟。他早就放棄掙扎了，這孩子要走的路還很長。

* * *

晚上七點，翡翠「下班」了。

這屋子兩房一廳一廚一衛，她和上邪住在套房，岑毓有自己的房間。吃過晚餐以後，岑毓回房寫功課，上邪把翡翠拖離客廳的電腦，回他們的房間。

這一點上邪很堅持。上班有上班的時間，下班有下班的時間，就算在家工作也不該例外。雖然翡翠常常抱怨，她下班回房，上的是更激烈、更勞苦的班。

因為上邪總是會拖著她……

往魔獸世界※去受苦受難。

（你們剛剛是不是想到什麼邪佞的地方？嘖嘖……）

身為一個三千六百歲的大妖魔，上邪完全是個現代化的妖怪。他不但深諳電腦與網路，甚至自修到專家的等級。他重回人間第一樣學會的娛樂就是打網路遊戲，這興趣幾乎跟了他一輩子。

所以，全球為之瘋狂的網路遊戲「魔獸世界」一上市，他這個遊戲狂就玩過了美版，等台版封測的時候，他用了不是那麼正常的管道，拖著翡翠就投奔了魔獸世界。

「我沒有時間……」那時翡翠忙得昏天暗地，跟不用睡覺的妖怪是不同的。

※魔獸世界簡寫為WOW，為美國暴風雪公司所出品的網路遊戲。

「我有。」上邪很堅持，「妳知道嗎？情侶之間需要有共通興趣，不然感情不能持久……」然後他照著找來的《兩性相處概要》，照本宣科長達兩個小時，被這樣凶猛灌頂的翡翠幾乎無力招架。

「……我跟不上你的等級。」她軟弱的反抗。上邪不用睡覺，練起等來好像不要命。她不但積壓稿債到明年年底，而且她根本就不習慣3D遊戲。

天啊，連我在哪裡都不知道了，只有怪打她的份，她怎麼打怪？

「我幫妳練。」上邪的口氣不容置疑，「只要妳『下班』以後陪我玩就好了。」

「我手殘而且腦殘！」翡翠簡直是哀號。

「沒關係，經過我嚴酷的訓練，妳一定會成為殺手的。」上邪熱血沸騰的吼，「這就是斯巴達！」

誰跟你斯巴達……她幽怨的看了上邪一眼。評估和上邪爭辯的時間成本……她決定屈服比較快。

事實證明，經過嚴酷的訓練，翡翠的確可以面不改色的成為一個高明的神聖牧師，補血又快又準。但是她在PvP伺服器※，簡直是頭人人可宰的肥羊。經過將近兩年的訓練，連上邪都不得不承認，翡翠全身上下找不到萬分之零點零一ＰｖＰ的細胞。

為了翡翠，他這個嗜殺的大妖魔心不甘情不願的跳到ＰｖＥ伺服器，當然也是一個人練了兩隻起來，甚至有了自己的公會，會長作風不但非常斯巴達，透過ＴＳ※的怒吼聲，更充滿斯巴達戰士的凶猛氣勢。

罵跑了無數柔弱的女生，只有跑不掉的翡翠，幽怨的一枝獨秀，成為當家主補。

更重要的是，這個公會就叫做「斯巴達」。

所以等三百壯士上演時，他在電影院怒吼，「幹！他們抄我的創意！」

和他一起去看電影的翡翠，只能把頭低下來，用爆米花遮住自己的臉。

※PvP伺服器：魔獸世界有兩種伺服器，一種是PvP伺服器（Player vs Player玩家對抗玩家），只要看見顯示為紅色的敵方玩家，皆可直接攻擊廝殺。一種是PvE伺服器（Player vs Environment玩家對抗環境），以打怪、解任務為主的玩法，除非雙方皆開啟PvP模式，否則是不能夠隨意開打的。

※ＴＳ意指ＴＳ語音系統（TeamSpeak）。ＴＳ語音系統可以透過網路多人對談的特性，不須辛苦打字也能溝通。是作為團體對戰（不論是對玩家或對怪物）指揮團隊的利器。

大概你會猜測，上邪大約是練戰士吧？那你就錯了。

上邪認為，不會魔法的根本是廢柴（想想他這樣多才多藝專長打雷的妖魔怎可智力低下不懂法術），不能近身作戰的是病夫（體格不夠強健算男人嗎?!），所以他練的是……

號稱攻擊第九強的聖騎士※。

（也虧他有那份超人的耐性和毅力，不但將聖騎練大，還練了攻擊力第八強的牧師起來……）

（唔，還有一點，我必須告訴你。魔獸總共只有九個職業。我想這樣就能夠深刻的了解到，聖騎和牧師的打怪強度在哪裡……）

也因為他是個「宅妖」（……），所以翡翠重回懷抱，他們的新婚旅行居然是……

拓荒卡拉贊※。

洞房花燭夜當晚，翡翠一整個無言。

「……這就是新婚旅行？」

「不然勒？」上邪低頭打著帳密，「快一點，沒有主補很難打欸！」

「你跟我結婚就是為了打魔獸拓荒卡拉贊啊?!」翡翠聲音大了起來。

「當然不只囉。」上邪瞪她，「還可以打英雄副本※。」

翡翠氣得撲過去掐著他脖子，用力過猛，將他撲倒在地，嘩啦啦的掉了一地的光碟。撈起來一看，是整套的「人間四月天」。

上邪其實只看卡通動畫和美食節目。翡翠看文藝片哭得淅哩嘩啦的時候，上邪還會嘲笑她。

這套「人間四月天」，她明明擺在架子上好好的……

此時，她突然明白了。她不在家的時候，上邪搬下這套電視劇，一個人在孤冷的寢

※魔獸世界原有九種職業：戰士、法師、牧師、聖騎士、獵人、盜賊、術士、德魯伊、薩滿。目前又新增死亡騎士與武僧兩種職業。

※卡拉贊，魔獸世界七十級十人副本。「拓荒」是指將沒打過或沒推倒王（boss）的副本破關。

※英雄副本：魔獸世界的部分副本除普通模式之外，還可選擇困難模式，亦稱英雄模式。啟動之後會大幅提高副本的困難度，掉落的裝備、獎勵也更好。

室裡，一片片的看完。他看過幾遍，這樣琅琅上口？

望著上邪貓科似的臉龐，翡翠的心裡有股酸酸甜甜的蜜樣。

「有沒有邊看邊哭？」她愛憐的摸摸上邪的臉。

「……囉唆。」上邪生硬的避開來，臉孔微微發燒。

「上邪，你很想我對不對？」

「少囉唆！」他狼狽的爬起來，粗魯的將翡翠塞回自己位置上，「拓荒要遲到了！」

翡翠大笑，登入自己的帳密。笑到上邪發脾氣叫她閉嘴，她還是笑個不停。

她決心跟上邪到天涯海角。

其實這樣的新婚旅行也很不錯。到哪旅行說不定沒有關係，最重要的是，她心愛的妖魔和她在一起。

* * *

岑毓是個用功的孩子。

或許是因為家庭因素，他很小就很獨立，有自己的想法。他很喜歡電腦，對GAME抱著一種專注的興趣。但他並不只想當個使用者，從國小就立定志願，將來要去電腦遊戲公司上班，所以他要很用功才行。

魔獸世界的風潮也波及到他，他瞞著外婆，用點數小心翼翼的養大自己的聖騎。但他也明白，這是私人的小興趣，和他的志願比起來，遊戲可以慢慢玩，但他的志願是不能等待的。

所以，他保持著中上的成績，閒暇時還得自修程式語言，魔獸變成偶爾上去解解任務、打打戰場的休閒。但一個男孩子難免會有競爭心，他也想打大副本，擁有團體推王的樂趣和令人稱羨的裝備，但他一直都忍耐下來。

搬來和母親一起住，他得到很大的自由。但是他不想讓母親煩惱，也不想讓外婆指責母親的放任，所以他的日常生活照舊，甚至還更刻意自制一點。

拜妖怪繼父的「照顧」，他的校園生活變得非常平靜。或者說，那些妖怪或半妖同學簡直是聞風而逃，逃不掉的妖怪老師，往往臉色鐵青的上完課就緊急逃生。

其實，上邪既沒有給他護身符，也沒教他什麼咒語。就只是帶著他走進校門，堂而皇之的將他送到教室，然後在教室門口站了十秒鐘，掃視全班每個人，然後走進校長室。

那天校長就心臟病發作，差點往生了。

幾天以後，螳螂妖校長痊癒到校，看到岑毓，兩眼翻白，昏厥過去。反應真不可謂之不大。

該不該問妖怪繼父說了些什麼，還是做了些什麼呢？岑毓搔了搔腦袋。

不過他因此有了安全平靜的校園生活，那些妖怪師生的惡意收拾得乾乾淨淨，剩下無限的恐懼。

只有他的班長很鎮靜。或許因為班長的妖怪血統不太濃厚……大約四分之一。

「聖魔上邪是你的繼父？」某天收作業的時候，班長問他。

聖魔？我還聖石傳說勒！

「……嗯，那妖怪是和我媽結婚了。」岑毓有些不甘願的回答。

班長默默的收了他的作業，「就算這樣，我也不會放水喔。」班長推了推她的大眼鏡，「作業遲交我一樣會報上去記警告。」

「知道了。」岑毓沒好氣的應，看著班長的眼睛，他還是忍不住問了，「班長，妳的妖怪祖先是不是蜈蚣精啊？妳真的怕唾液嗎？」

班長臉一沉，用書敲了他的腦袋。「你知不知道你很白目？」

用書敲他的頭本來沒什麼……問題是，那是本精裝的辭海。他抱著腦袋蹲在地上好一會兒，才沒讓眼淚奪眶而出。

他跟同學間的來往最多就是這樣。他和家人的相處也沒親密到哪去。

身為一個狂飆青春期的少年，他雖然很愛自己的母親，但也知道不適合纏著老媽不放，更何況，他已經有繼父了。

每天吃過晚飯，老媽就被繼父拖到房間去……他也不是不懂事的小孩，當然知道成年人的「愛情」。

只是難免心裡有點泛酸。這種心情，很難說得清楚。

這天，他讀書讀累了，打開魔獸世界，很習慣性的關成靜音。他其實比較喜歡聽著音樂，並且有音效，這樣平添許多真實感。但是他畢竟剛從外婆嚴厲控制的管教下脫離，他並不希望給老媽或繼父任何責備他的藉口。

正專注於戰場，聚精會神的和敵人交手。當他幹掉一個盜賊時，難得的，露出一個純真的笑容。

「你技術不錯嘛。」冷不防的從他背後傳出上邪的聲音，將他嚇得跳了起來。

瞠目結舌望著妖怪繼父，他額上冒出大滴冷汗。他要責備我？還是找老媽來罵？偶爾和外婆一起看的中午劇場總有各式各樣的負面教材……

「太好了！」上邪重重的拍他的肩膀，「又剛好是同個伺服器！我正在找個反應快的副坦※，你要不要來試試看？我們公會的副坦被我罵跑了……你若來當副坦，我一定不會罵你……呃，有時候我只是聲音大，並不是在罵人，這你懂吧？……」

岑毓望著滔滔不絕的妖怪繼父，覺得腦門嗡嗡叫。「……你說什麼？」

「我說啊，我們拓荒卡拉贊，缺個反應快的副坦。如何？就你了！」他不由分說的幫岑毓下線，「翡翠！我找到副坦了！幫我把筆記型電腦拿出來灌魔獸……」

他將呆若木雞的岑毓拉到套房。當他知道上邪吃過晚飯拉走他的老媽是為了拓荒卡拉贊時，他張大了嘴巴。

看著意氣風發，對著TS怒吼指揮的妖怪繼父，和悶著頭補血，偶爾還會摔死和迷路的老媽，他突然糊塗起來。

他一直渴望可以過正常的家庭生活。理論上，他跟老媽和繼父一起生活了。

但……這真的是「正常」的家庭生活嗎……？

「……這對我的身心發展，會不會造成不良的影響啊……」他喃喃自語。

＊　＊　＊

小孩子並不是像大人想像的一樣，什麼都不記得。他到國小三年級才和母親分開

岑毓有些複雜的看著自己的老媽。

※坦：Tank，坦克的簡稱，一般RPG遊戲的組隊成員分為坦克、治療者、攻擊手。坦克屬於在前方防禦、保護隊友、激怒怪物攻擊自己的角色，是隊伍的銅牆鐵壁與守護者，通稱主坦。而協助主坦分擔怪物攻擊的，稱為副坦。魔獸世界當中的戰士、聖騎士、德魯伊，皆可加重天賦成為坦克。

住，有很長一段時間，他和母親獨居，很多事情都看在眼底。

那時候的母親多病，愁眉不展，而且有嚴重的惡性失眠。常常看到她終夜長坐不寐，頰上有著不乾的淚水。

他還小，什麼事情都辦不到。只能默默看著。

那時的媽媽有什麼興趣嗎？好像都沒有。她連電視都不太看，因為他們付不起第四台的錢。

和當年瘦骨伶仃的母親不同，現在的老媽不但胖多了，臉上帶著溫潤的笑意，最匪夷所思的是，老媽居然會玩魔獸。

「……老媽，我不知道妳會玩魔獸。」

她不太好意思的乾笑兩聲，「之前我玩別的遊戲，月卡便宜多了。」

快四十的人了，居然還玩電腦遊戲，岑毓有些想笑。

「沒辦法，沒其他興趣啊。整天寫寫寫，寫完正稿寫娛樂……我需要轉移一下注意力。」

沒其他興趣？岑毓收了笑意，愣愣的看著他的老媽。她身上的衣服洗得發白，有些綻線的地方，粗粗的補過。

「可以看看電影，逛逛街什麼的……」岑毓的聲音越來越小。

「看電影的錢幾乎夠買半張月卡，卻只能消磨兩個小時。」翡翠不太自然的轉移目光，「玩網路遊戲很好啊，省錢得很。」

為了轉移注意力，為了省錢。

「……妖怪不養妳嗎？」岑毓低低的說。

「上邪來之前我就在玩了……」她浮現出模糊的感傷，「哎呀，就算有人養還是樸素點過日子的好。哪天、哪天沒人養……才不會不習慣。」

「媽，長大我會養妳。」岑毓嚴肅的說。

他那天真又飽受苦難的老媽張大眼睛，笑了起來。「將來你就會有老婆小孩啦。其實喔，我只希望你讓他們豐衣足食，照顧好他們。我？我大約可以寫到死那天為止，生活可以過得去啦。你好好照顧自己的家，就是對我最好的供養了。」

岑毓默默看了她一會兒，「……我會的。」

翡翠欣慰的抱住比自己高一個頭的兒子，岑毓覺得，他此生沒有這麼愛過他的母親。

正沉浸在這種溫馨而感傷的親情時，出來抓人的上邪暴了青筋。「你們要抱到什麼時候啊?!我是說休息五分鐘，不是五十分鐘！還有，你抱我的翡翠抱了三十秒了！」

「她是我媽欸！」岑毓對著繼父怒吼。

「她是我老婆！」上邪對著繼子獰出怒紋。

「死小鬼！」「老妖怪！」這兩個男人（？）一觸即發，頗有真人ＰＫ的氣勢。

翡翠喝完了水，看著爭吵得非常低層次的兩個大小男人（？），「……如果你們希望我突然雷格補不到，我也可以如你們所願……主坦和副坦。」

兩個需血量極高的聖騎閉上了嘴。說到真人ＰＫ，還沒人真的敢向這位神聖到快發光的主補挑戰。

趁著這股不息的怒氣，他們一個晚上就打到歌劇院，卡都不卡一下。

（說不定拓荒就需要這種高昂的鬥志。不過這算魔獸術語了，就此打住。）

最初的蜜月期一過，上邪和岑毓的摩擦越來越白熱化。可能是大家都在玩魔獸，也可能上邪實在缺乏長輩的架子，說不定，岑毓真正的放鬆下來，終於有「回家」的感覺。

不管怎麼樣，對翡翠的愛，讓這對繼父子有了強烈的對抗意識。

岑毓的聖騎叫做「天行者路克」，原本用本名當ＩＤ的上邪，一聲不響的去改成「達斯維達」。

「……你針對我是不是?!」岑毓快氣瘋了。在星際大戰中，天行者路克的老爸就是黑武士達斯維達。

「我本來就是你老北，這有什麼好吵的？」上邪倒是很欣賞自己的創意。

「你什麼地方像老爸？你說啊，你說清楚啊！我明天要月考，你居然拖我來拓荒！還有，剛那個護腿你居然不讓我，直接需求了！你什麼地方像爸爸?!」岑毓簡直是痛心疾首。

「平常有用功，月考跟你有什麼關係？臨時抱佛腳有屁用？」上邪冷冷的，「再說，我是主坦欸！我是主坦我最大！裝備當然我優先啊！你懂不懂？第一天來？」

「那我用什麼坦怪？」岑毓發怒了。

「你身上穿著什麼？難道你光屁股坦？」

「媽，你看他啦！」

翡翠苦笑著勸解，突然有點錯亂。她是很高興岑毓擺脫了過度早熟，比較像個孩子。但是家裡有兩個孩子，真的吵得屋頂都快掀開了。

她不知道自己算不算幸福。

默默的，她吞了顆普拿疼，希望對頭痛有些幫助。

所謂副本：在魔獸世界中有相當多的地下城，當然也有相當多的冒險者，為了避免所有玩家同時擠在一個地下城，因此每一個編組完成的隊伍往地下城出發時，系統會讓該隊伍進入一個獨立的複製空間，即為「副本」。隊伍之間分別有屬於自己的地下城，就不會互相干擾，得到的寶物裝備也全都是自己隊伍的。

第四章 繼父

那天下起傾盆大雨。

雨勢大得驚人，天地灰濛濛的一片。雖說四季不分明，但在曬死人的秋陽天裡，突然下起這樣的大雨，還是讓人措手不及。

岑毓抱著手臂考慮著，衝到公車站好，還是要等雨停。

班長推了推大眼鏡，「……你要不要等我社團活動結束？我有傘。」

岑毓本來想答應，但是瞥見同學看好戲的眼光……好吧，這學校還是有不少人類麻瓜同學，而且是特別八卦的麻瓜。他臉孔掠過一絲強烈的不自在，「我跑去車站就好。」

不等班長回話，他馬上衝進迷濛的雨幕中。

幾點雨而已，死不了人的。他衝出校外，極目四望，發現馬路對面的公車站牌幾乎看不清楚。

雨真的太大了。

就是這樣宛如大海的暴雨中，他一頭撞進一團黑暗，心頭一冷。雖然只是短短一秒鐘，他卻狠狠地打了幾個寒戰。

他在公車站亭等車，已經有些頭昏。好不容易熬著噁心的感覺下車回家，到了門口已經沒什麼力氣掏出鑰匙。

費盡力氣打開大門，他走入玄關。灼熱的沉重感褪去，但他覺得天旋地轉，踉踉蹌蹌的靠住了牆壁。

他心底雪亮，本能的知道發生什麼事情。將滾燙的額頭貼在冰冷的牆上，好一會兒才找到自己僅存的力氣，走入浴室淋浴，筋疲力盡的鑽進被窩，想把頭痛睡掉。

昏昏沉沉的高燒中，他聽到身邊有人低語。

「……真的不要緊？我看是不是送急診比較好？」

「真的沒事好不好？去去去，去睡覺。一點點風邪而已，發個汗就好了……我看著他就夠了，妳只會在旁邊哭……哭出兩大缸眼淚可以治發燒？快滾啦……」

然後一陣沁涼，緩和了灼熱的發燒。岑毓勉強張開一條縫，看到他的妖怪繼父正把毛茸茸的大手（大爪？）放在他額頭上。

「……風邪？」岑毓想笑，卻沒有力氣。

「誰讓你魯魯莽莽的去攔了陰路？」上邪乖戾的回答，「人家下這麼大的雨就是讓你迴避，若你撐把傘就可以避開。傘也不撐，又是這種爛體質，沒要了命就很好了，你還嫌？」

岑毓無力的閉上眼睛，忍不住問，「……那到底是什麼……」

「鬼娶親。」上邪不欲多說，「你問那麼多做什麼？反正你又沒打算修行。睡你的吧。」他毛茸茸的大掌巴了一下岑毓的腦袋。

岑毓咕噥兩聲，睡著了。夢裡似乎聽到鑼鼓喧天，和嗩吶高亢的聲音。

* * *

他這場「感冒」拖了很久。一開始，老媽還很積極的帶他去看醫生，但是越看越沉重。

「就跟妳說過，是風邪。」上邪很不耐煩，「反正妳這麻瓜不懂……好好在家休養就會沒事，出門只會更糟糕。妳就不能讓他好好躺幾天？」

最後翡翠不得不承認，上邪說得對。她也就很盡力的照顧岑毓。

但你對一個寫起小說就海倫凱勒狀態的小說家，能要求什麼呢？岑毓悲慘的發現，他的「感冒」可以拖這麼久，他的老媽真的要居首功。

他好幾次因為廚房傳來的強烈焦味，拖著沉重的病體去搶救已經變成焦炭的稀飯；也幾乎用爬的，跌跌撞撞衝到客廳關上響了快半個鐘頭的鬧鐘。

而罪魁禍首只會在一旁絞手指。

「……老媽，妳告訴我……」他含著眼淚，「上邪明明留了午餐給我們，為什麼妳試圖燒掉廚房？」

「感冒吃稀飯比較好消化呀。」

妳是說燒成焦炭狀的稀飯好消化？

「……那鬧鐘呢？為什麼妳要把鬧鐘放在電腦邊，讓它響上半個鐘頭？」

「我、我……」翡翠侷促不安的說，「我一寫起小說就聽不到什麼聲音，我想撥個鬧鐘，每兩個鐘頭去看看你燒退了沒有。」

……反正妳什麼都聽不到，鬧鐘難道比較神奇？

不對，鬧鐘可以讓病得爬不起來的他，勉強爬到客廳想辦法讓它閉嘴。

「……我沒事，老媽。」他有氣無力的沒收了鬧鐘，「真的。妳看我還能爬起來關瓦斯和關鬧鐘，就知道我沒事。妳認真工作，讓我好好睡一下好嗎……？」

他黯然的抱著鬧鐘爬回房間。擁有這樣的媽媽，不知道算是幸還不幸。

* * *

病足了一個禮拜，班長來探望他。

岑毓其實已經好多了，只是剛好遇到週末，不然他可以去上學了。當他從房間走出來打算找水喝，發現老媽笑吟吟的接待班長時，他眼睛都直了。

「妳覺得我們家岑毓怎麼樣？他是很可愛很帥的男孩子唷～」

他張大了嘴，立刻衝了過去，「班長，妳怎麼來了？」想把她立刻趕回去，又找不到藉口，「到我房間來……媽！妳給我留點面子可不可以！這段不可以寫，絕對不可以寫喔！」

「真的不行嗎……？」翡翠失望了，「但是這種兩小無猜很可愛啊……」

「不行！絕對不行！」岑毓怒吼，「我還要做人啊！」頭也不回的拉著班長衝去他的房間。

「做人？」翡翠滿眼小心小花，「不過岑毓，你還小欸……你真的理解『做人』要付出的代價嗎……？」

岑毓趕緊把門關上，省得他老媽又說出什麼更脫線的話。

「……我看你也沒什麼病。」班長仔細端詳他，「行動還挺矯健的。」

「一個禮拜了，還躺在床上，也差不多該叫妳包白包了！」岑毓吼完覺得很疲倦，「妳來做什麼？」

「你積了一個禮拜沒交作業。」

岑毓氣得發暈，「……我請了病假！一個禮拜的病假！病了一整個禮拜爬不起來的病人，是有辦法寫什麼鳥作業?!」

「我知道啊。」班長氣定神閒的遞給他一張清單,「這是要補交的作業。」

「……就這個?」岑毓的臉發青。

「對。你這禮拜都沒來上課,我想叫你寫也寫不出來,」班長推了推大眼鏡,「基於一個班長的職責,我幫你補習一下好了,不然你會拖欠下個禮拜的作業。作業收不齊我很困擾。」

岑毓狐疑的看看班長。實在很不懂,為什麼這個有著妖怪血統的班長這樣剛正嚴肅,不管是人類或妖怪,都顯得格格不入。

「我第一次來男生的房間。」班長環顧四周,「我以為會很髒很亂,堆滿A片和A漫。」

「我怎麼會有那種東西!」岑毓對著她揮拳。

「你拉我來你房間做什麼?」班長問,「如果你想『做人』,我想告訴你,我還沒成年。而且你也不像打得過我的樣子。」

岑毓的表情變成這樣……囧。

奇怪,真奇怪。他的母親是人類,而班長有四分之一妖怪血統。但為什麼他身邊不分種族的女性，都有那種讓人無言到想翻桌的少根筋又鎮定的性格？

「……我才十六歲！」

「我跟你同年啊。」班長已經打開書包，拿出課本和筆記，「你還沒回答我，為什麼要拉我到房間來？」

「……因為客廳很危險。」

班長的眼睛寫了兩個大大的問號。

「我媽是言情小說家。」岑毓瞇細了眼警告，「妳若不想當她筆下苦情又得絕育症的倒楣女主角，就少跟她說幾句話。」

「噢……」班長點點頭，「這的確很可怕。」

……妳有表情一點行不行！岑毓勉強壓抑住再次翻桌的衝動。

不過在班長的指導下，他的功課很快就補上了，班長還徇私幫他寫了數學和物理的作業。

他和班長的交情就是這樣。他也搞不清楚喜不喜歡她，但是和她在一起就覺得很舒服。或許是她總是淡淡的，和所有人都抱持著禮貌而疏遠的距離，跟自己很像。

但是班長待他和旁人不同。若是作業遲交，她還是照樣不假辭色，卻會私下指導他，像是再自然也不過。

其實……這樣比較好。岑毓很早熟，或者說，早熟得過了頭。母親的苦難在他心底留下很深的痕跡，他還不了解愛情的甜蜜之前，已經先認識被愛情摧毀的母親。

他畏懼……甚至是抗拒跟愛沾上邊的玩意兒。班長這樣冷冷淡淡的個性，和愛笑愛鬧愛哭的幼稚同學是很不一樣的。

他喜歡這種冷淡，也喜歡這樣舒服的相處。

等功課告一段落，整個長長的下午已經過去，滿室昏暗。岑毓起身開燈，班長在他身後問，「岑毓，你怎麼知道我的祖母是蜈蚣精？在你眼中……我像異形嗎？」

她的語氣還是淡淡的，卻讓岑毓微微一驚。

「……不是的，是因為妳的眼睛。」

向來鎮靜的班長，眼底出現一絲迷惑。

這表情讓他有點不習慣。「這、這個，我也很難說得清楚……怎麼說？妳的眼睛總是用眼鏡遮著，但隱隱的有一絲金光。我不知道為什麼，想到金燦燦的蜈蚣，像是黃金打造……」

「哦。」她的表情沒什麼變，「真是讓我吃驚。」

妳有表情一點好不好?!

「這是『劾名※』，很不錯的天賦。」

「劾名?」

班長想了好一會兒，「眾生都有一個真正的名字，這名字大部分都可以用文字拘束，卻未必非是文字不可。」

「『劾名』就是能夠了解眾生名字的天賦，所謂知己知彼，百戰百勝。如果你能修煉到『劾虛※』，從名字了解弱點，那就真的可以橫著走了。」

聽起來不錯。最少有點自衛能力不是?「要修煉多久?」

「三、五百年就可小成吧?我祖母說過，這算是很簡單的法門。」

……三、五百年?普通人類可以活到這麼久嗎?簡單個大頭啦!

「對了，聖魔幾時會回來呢?」班長有意無意的問。

岑毓沒好氣的回她，「找我交作業是藉口，其實妳是來看什麼聖魔的吧?」

「啊，被你發現了嗎？」班長推了推眼鏡，「順便叫你交作業，一舉兩得，不錯啊。」

岑毓有些氣悶，但也有幾分好奇。「其他妖怪聽到他的名字拔腿就跑。」

「那是別的妖怪。」班長居然笑了笑，「我祖母是他的舊交，小時候我是祖母帶大的，可是聽了他不少故事呢。」

「舊交？」岑毓有些頭昏腦脹，像是闖到什麼中國神話故事的場景。

「我祖母是文殊菩薩的侍兒，在佛前侍奉了數千年。聖魔托佛教養的時候，還是個

※劾名，這是筆者虛擬的名詞。事實上沒有這種東西……（笑）

「劾」有「檢舉、舉發不法行為」的意思，如「彈劾」、「糾劾」。「劾名」在設定中為一種天生的、人類專屬的天賦。可以針對眾生乃至於人類都可知曉「真名」。而所有的生物與非生物皆有其名，這名字就是該物最基本的禁咒。擁有「劾名」這樣的天賦，就可經由注視和聽聞得知該物之名，進由「唱名」（呼喚名字）了解該物的特質。

※劾虛，亦為筆者虛擬設定的名詞。當擁有「劾名」天賦的人類經過修煉或頓悟，可由「唱名」知曉該物的弱點攻擊，「虛」是弱點的意思。

嬰孩呢，我祖母還長聖魔五百歲。」

岑毓抱住了腦袋，覺得自己似乎又開始發燒。

＊　＊　＊

上邪回家的時候，緊繃了身體。他感到不愉快，很不愉快。雖然很稀薄，但他的領域被入侵了一種類檀香的氣息。

「是誰擅入我的領域?!」他脾氣很壞的恢復了真身。

端菜出來的班長推了推眼鏡，「聖魔大人，我是釋慧的孫女。」

上邪的怒氣不知道飛到哪個爪窪國去，下巴幾乎掉下來，張大嘴巴看著眼前這個小小的半妖少女。

（呃……四分之一妖少女？隨便啦……）

「……釋慧？妳騙我吧？那個正正經經的蜈蚣尼姑……」不對，釋慧讓文殊菩薩收為侍兒後，並沒有剃度，還是個妖精，只是信奉佛法。但你找不到其他比她更正經八百，把細如牛毛的戒律背得滾瓜爛熟，並且身體力行到極致的修行者。

「妳騙人！」上邪抱著腦袋叫，「阿慧怎麼可能下凡，還跟人類生小孩?!」

班長攤了攤手，「祖母說，愛情是很奇妙的災難。」

「……阿慧學壞了。妳說！她是不是在人間看了太多連續劇？」

班長沒有說話，倒是默認了。

「妳阿罵勒？」上邪東張西望，「她有沒有來？」釋慧照顧他很長一段時間，雖然被她煩得要死，但卻有種長姊般的親切。

「我祖父過世，祖母回佛土懺悔贖罪去了。」班長還是很鎮靜，「聖魔大人，我聽祖母說，你是前任天帝的子嗣，是真的嗎？」

在一旁聽著天書默默吃飯的岑毓，噴出了滿口的湯。

上邪的臉孔抽搐兩下，「陳年舊事，提來作啥？我是妖怪！我是大妖魔！誰跟那些扭捏腦殘的天人有瓜葛？閉上妳的嘴！毛毛蟲！」

眾生並不知道世尊為什麼豢養了一隻妖力強大，凶殘暴虐的妖魔。在人與眾生混雜、曖昧不清的年代，那隻妖魔臨世，帶著極強的妖力和任性的殘酷，在各界自在優游，偶爾應人類的召喚降臨。

眾生畏懼他旁若無人的氣勢和妖力，但他的出身卻一無所知，只有一些片片斷斷的流言，和世尊無言的庇護。

佛土諸仙不言，諸佛不語，旁人也無從得知。但這小小的半妖少女，卻這樣輕率的到他跟前，問他這個天大的祕密。

前任天帝除了玄女和幾個早夭的兒子，並無子嗣……最少前任天帝是這麼認為。

在天地都還年輕，天界分裂還沒開始之前，當時年少的天帝尚未即帝位，和狻猊族的女兒少艾相戀。然而就在這個時候，天界開始有了摩擦和衝突，戰事擴大，這對戀人因為陣營不同，被迫分開。

這場戰爭非常久，久到綿亙兩任天帝，久到天柱斷裂，列姑射島分崩離析。前任天帝一生都在戰爭中，完全不知道少艾幫他生了個兒子。

那孩子跟著殘軍到魔界，熬過了魔界的瘟疫，頑強的和羽族公主生下一個子嗣——

正確的說，是一只卵。

那只卵一直沒有孵化，在神魔和約簽訂之後，這只卵成了燙手山芋。論理，這是前任天帝的子嗣，也是天孫，擁有合法的天帝繼承權。但考慮到政治面的問題，難保天界不因此生事端。

毀和不毀都是災難。束手無策的魔界至尊，不抱著什麼希望的，向一直嚴守中立的佛土世尊求助。

意外的，世尊居然接過了這只充滿變數的卵。

於是，三千六百年前，上邪誕生了。他誕生在世尊的懷裡，成了世尊豢養的妖魔。

因為祖父的血緣，他擁有正統雷法；因為狻猊原是與麒麟並駕齊驅的聖獸，所以和聖獸淵源極深。正因為他的血統特別混雜，所以能力特別強大。

所以他叫作「上邪」。在上位的、世尊豢養的邪魔。

直到他在西方天界肆虐，被關在梵諦岡的墓地之前，他一直都堅信自己是無敵天下的。

「你若真的那麼厲害，為什麼會被梵諦岡的凡人抓起來關？」翡翠狐疑的看著聽起來似乎很顯赫的妖怪丈夫。

「阿就、就……」上邪狼狽起來，「一物剋一物……西方那個大鬍子的老頭不是吃素的好不好？他教導他的徒子徒孫做什麼毒水……媽的……」

真的是吃了一記悶虧。那老頭兒總是笑笑的，哪知道那麼歹毒。搞什麼聖水……結果他祕傳了梵諦岡那票狗腿子，讓那群卑劣的修士將他禁起來。

環顧四周輕視的眼神，上邪火了起來，「若耶和華那老頭兒打不贏我，那還算什麼上帝啦！打不過是應該，打得過才悲哀好不好?!」

「我祖母說，你都不認真修煉。」班長推了推眼鏡，「她說：『阿邪就是偷懶，才會被那群阿呆抓去關。世尊也說讓他去冷靜個幾千年也好，不然老是那麼混。』」

「……少囉唆！」上邪的臉孔整個漲紅起來。

岑毓渾渾噩噩了好幾天。

班長不經意提起的祕密實在太爆炸了，他完全不知道他的妖怪繼父來頭這麼大。什麼天界、天帝、上帝、世尊，計時都是幾萬幾萬年在算的。

雖然「感冒」好了，但他的震驚狀態還是讓他看起來有點恍惚。

但除了他以外，所有的人（或妖）都很平常的過日子，連他常常陷入三重苦的老媽也不例外。

他忍不住了，「……媽，妳一點都不在意？」

眼神失焦的翡翠花了一分鐘才聽懂她兒子問什麼，「哦，妳說上邪的身世？這不適合當言情小說的題材吧？我寫出來會很像神經病。你跟你們班長有沒有什麼新發展？你們接吻了沒有？」

岑毓馬上落荒而逃。

「班長，」他問著，「妳就這樣跑去問上邪的祕密……」

「哎呀，這樣好像有點白目對不對？」班長推了推眼鏡，「其實我害怕得發抖呢，但我又很難克制我的好奇心。」

……那妳有表情一點好不好?!

被說破祕密的上邪也沒什麼兩樣，甚至問他，「你週末下午和星期天要不要來咖啡廳打工？假日人多，我和那隻狐狸精忙不過來。」

聽到狐狸精，岑毓心裡就掠過一絲陰影。「……客人都是人類？」他抱著最後一點希望。

「當然不是啊。不過你天天跟妖怪一起上學，到現在還不習慣？」岑毓正要拒絕，「時薪每個小時五百。」

「……我去。」他屈服在金錢的誘惑之中了。

去幻影咖啡廳第一天，客人們精神為之一振，但上邪冷冷的說了一句，「這是我繼子，手癢的來廚房跟我說。廚房的烤爐整理過了，再多妖魔神靈都塞得下。」

客人們發出牢騷和嘆息。岑毓不知道，他因此逃過被眾生熟客玩弄的命運。

但他心底有另一番滋味。

這個身世顯赫、能力強大的妖魔，居然乖乖的在廚房揉麵團、烤餅乾。變化成人身的上邪，看起來沒大他多少。

「……你不會遺憾嗎？」背對上邪洗碗盤的他，冷不防的問上邪。「原本你有機會高高在上……」

「我還要高到哪去？」上邪心不在焉的回答，「我自找罪受，抱著權勢然後積勞成疾？我看起來有神經病嗎？現在很好。」細心的，他在蛋糕上面擠奶油花。

「你本來可以不用工作。」岑毓說不出心底的感覺。他總覺得，這不該是上邪該做的事情。每天每天，蹲在小小的廚房，揮著汗水，卑微的做著點心，就為了賺一點錢，養十指不沾陽春水、外貌平凡的妻子，和沒叫過他一聲爸爸的拖油瓶。

「我在人間就要遵守人間的規則。」上邪開始打奶泡，「反正我也要吃飯，養翡翠是順便，養你也是順便……你幹嘛哭？男子漢大丈夫，你幹嘛哭!?」

岑毓也不知道自己哭什麼。

「你很神經！你們母子都很神經！」上邪慌了手腳，「幹嘛啦！你真的不用叫我老爸啊！又不是你高興嫁給我……不是，我是說，你不是自己高興來當我小孩。哎唷，人類怎麼這麼難懂……」他暴躁起來，「不要哭可不可以！翡翠會覺得我欺負你……」

岑毓破涕而笑，但又哭了。

* * *

他不知道為什麼，把這件事情跟班長說。

班長表情還是沒有什麼變化，只是眼神罕有的溫和下來。「那是因為你很溫柔的關係。」

「……拜託妳不要說這麼噁心的話好不好？」岑毓臉孔掛下三條黑線。

「我姓徐，徐堇。並不是姓班名長。」班長望著他，「你可以叫我的名字，不會給我帶來傷害。」

岑毓愣了一下，「呃……我、我不知道……」

「說不定不用三、五百年，你就會『劾虛』。但你真的不會傷害到我，放心吧。」班長按了按他的手背，「你真的很善良也很溫柔，雖然不承認。我想，我就喜歡你這樣。」

她施施然的走了，留下石化狀態的岑毓。

被她按過的手背，一陣陣的滾燙。

我想，我一定發了高燒，所以有幻聽。岑毓蹲下來，抱住腦袋，有點兒像是把頭埋在沙裡的鴕鳥。

當天回家，岑毓一夜不成眠，第二天帶著滿眼的血絲去上學。遠遠看到班長，他僵在原地，臉孔一陣陣的發燙，逃也不是，不逃也不是。

「早。」班長還是那副淡淡的神情。

「早。」岑毓頭一低，想能逃多遠逃多遠。萬一她逼問我喜不喜歡她怎麼辦？說不喜歡，他自己也還搞不清楚什麼叫做「喜歡」，說喜歡，但他又還沒準備好。

「岑毓。」班長在他身後叫住他。

完了！怎麼辦？來了來了……完蛋了完蛋了……

班長拉了拉他的書包，「今天你是值日生喔。李力凱今天請病假，所以你明天的值日生換成今天。記得打完板擦還要去教材室借地球儀。」

「……好。」岑毓愣愣的回答。

不對不對，怎麼會是這樣？

「……徐、徐堇，妳、妳沒其他話跟我說嗎……？」

班長靜靜的看了他一會兒，眼底的金光隱隱約約。「哦哦，我懂了。你真體貼。」

她把手底捧著的大疊作業簿交給他，「請你順便幫我送到辦公室，謝謝。」然後她施施然，踏著悠閒的步伐，回了教室。

……那我到底是為了什麼失眠了一整夜啊?!

那天傍晚，他忿忿的回到家中，他老媽正在「趕進度」，神情憔悴。他倒了茶給差點噎死的老媽，默默不語的坐在她身邊。

「老媽，妳怎麼知道上邪喜歡妳，妳喜歡上邪？」

翡翠差點被茶嗆死，大咳特咳了好幾聲。她瞪大眼睛，望著比她高出一個頭的兒子。「……你跟你們班長出什麼狀況？」

「不是嘛！為什麼一定是她？說不定會是別人啊！」岑毓莫名其妙的生起氣來，「女人真奇怪！真是太奇怪了！」然後怒氣沖沖的回房間。

翡翠困惑的看著岑毓的房門，「……我覺得男人才奇怪呢。難道這是『少年維特的煩惱』？」

＊　＊　＊

九點鐘，又是他們「家庭」出團的日子。

因為卡拉贊已經全通，所以打卡拉贊的日子縮減成一週兩天。其他的日子上邪還是很堅持全家應該維持共同興趣，勒令岑毓九點到十二點要跟他們一起去打英雄副本。

「我要讀書！我是功課很重的高中生！」岑毓今天火氣特別大。「而且兩個防騎有什麼搞頭？」

「所以是你主坦的好時機啊，我當攻擊手。」上邪點了點岑毓的胸口，「平常有認真聽課，哪需要花那麼多時間複習？再說小孩子念那麼多書做什麼？念些腐書酸了皮肉，那就不好吃了……」

「上邪！」向來沒什麼脾氣的翡翠暴吼，「你敢吃我小孩?!」

「呃……」發現說溜嘴的上邪有些心虛，「哈哈，親愛的，我只是打個比方……」

看著被老媽揪著胸口的上邪，岑毓覺得很不懂。這個來頭很大的大妖魔，根本不用這樣賠小心的。愛情真的是一種奇妙的災難嗎？

他心不在焉的聽著他們兩個拌嘴，一面等隊友到齊。聽到一聲慘叫，發現誤開PvP狀態的牧師，被敵方陣營殺害了。

哎呀，不過是遊戲角色而已不是嗎？就是他老媽的角色被遊戲的人打死了嘛……

但是他卻無法解釋的，內心湧起一陣灼燙的狂怒。在他開始行動之前，上邪發出一聲震耳欲聾的暴吼，那吼叫聲像是一記響雷，惹得窗外汽車防盜器也跟著叫個不停。

「殺我的翡翠？膽敢殺我的翡翠！」

這兩個聖騎馬上開了PvP狀態※，瘋狂追殺那個殺人凶手。結果演變成一場混戰，那天大家只顧著殺人，根本出不了團。

「你們發神經喔？」翡翠哀叫，「我跑魂就好了，你們打什麼打？別打了！」

這兩個殺紅眼的男人（？），根本就不理她。

第二天放學時，他忘記了昨天的尷尬和不愉快，又絮絮的跟班長說昨晚的蠢事。

「我也不知道為什麼那麼生氣。」岑毓嘆息，「明明那是虛幻的。又不是真的殺到我媽，但是我好生氣，上邪也氣瘋了……」

他有些抱歉的笑笑，「跟妳說這些幹嘛？妳沒玩魔獸，又聽不懂。抱歉……」

班長推了推大眼鏡，「我有玩啊。只是一個人解任務，有點慢而已。」她溫和的看著岑毓，「所以我懂的，你很愛你媽媽，聖魔也很愛她。她是個幸福的女人。」

妳妳妳……全校前三名的優等生也玩魔獸?!

「……沒聽妳說過。」

「我也沒聽你說過呀，今天我才知道你也有玩。」她推了推眼鏡。

一個人玩是很無聊的。岑毓心裡動了動。「如果等級不高，妳要不要來暗影※？」他問著，「我開隻新角色和妳一起練，比較有趣些。反正我們時間都不多……」

班長深深看了他一眼。「你的車快來了。」

他極目而望，發現車子遠遠的開過來。

「岑毓。」班長淡淡的叫住他，「若我在魔獸裡，也同樣在你眼前被殺害，你……也會這樣狂怒嗎？」

※在PvE伺服器，在特殊狀況下會開啟PvP模式，敵方陣營可以與之對戰。比方說，替開啟PvP狀態的隊友補血、加有益法術。在這裡發生的狀況，是翡翠的牧師角色因為補血誤開PvP狀態。

※網路遊戲通常有多組伺服器，不同伺服器的角色無法共通。「暗影之月」是魔獸世界當中的一組伺服器，因為伺服器不同，所以岑毓邀請徐堇到相同的伺服器共同冒險。

岑毓愣住，定定的望著班長泰然若定的臉龐。班長笑了，第一次像是個普通少女，溫柔的笑了。她笑著將岑毓推上車，對他揮揮手。

「……我會！」他打開車窗，大聲而氣急敗壞的喊，「我會！我會把他宰了！我絕對不要……」然後車子開走了，他底下的話，班長沒有聽見。

不過我也知道你要說什麼。她慢條斯理的拿下眼鏡擦了擦，踏著施施然的腳步，走回家去。

第五章　班長

岑毓變得很忙。

他每天一大清早就起床，急匆匆的往廚房衝，正在做早餐的上邪往往會被他嚇到。他總是簡單問問早餐打算做什麼，然後就快手快腳的幫忙做早餐。連上邪都不得不承認，比起他笨拙的老媽來說，岑毓是個更為俐落的廚房助手，頗有家庭主夫的天賦。

然後他會第一時間吃完早餐，抱著便當盒就往外跑。

等放學回來，他就往書桌一坐，熱火朝天的開始寫功課、念書，連吃飯的時候都捧著書本不放。

「……你要考狀元？」上邪覺得他不了解這個繼子。

「少囉唆。」岑毓還是盯著課本不放。

然後九點，這個用功的好學生就馬上「下課」。而且除了週末週日晚上的固定團行程，其他的時候都鬼鬼祟祟的躲在自己房間，並且將房門上鎖。

上邪搔了搔頭，跑去敲他的房門，「……欸，死小鬼，你是不是躲在房間看A片？需知一滴精十滴血……」

「……去打你的英雄副本！」房門裡傳出岑毓尷尬的怒吼。

上邪悶悶的回房，蹲在牆角劃圈圈。「我這老爸是不是當得很失敗？」枉費他看了一公尺高的親子相處叢書，卻還不能打進繼子的心房。

翡翠倒是很樂觀，「我想他只是戀愛了吧。小孩子長大了咩……不過要怎麼跟他談性教育的問題呢……」她陷入了另一種完全不同的苦惱。

上邪瞥了翡翠一眼。他這人類老婆寫言情小說寫了一輩子，看到一男一女並肩走都可以編出十萬字曲折離奇、充滿血淚的鉅作，有人嘆口氣就一口咬定絕對是相思成疾，活不久了。她的回答根本就沒有參考價值。

不過這一次，翡翠倒是很接近事實。

雖然岑毓還是不太搞得清楚是怎麼回事，但他越來越喜歡跟班長同進同出是真的。班長甚至一聲不響的跳到他們伺服器，和岑毓一起玩魔獸。

但這個年紀的孩子，處於兒童和大人之間，很多事情懵懵懂懂，一切都曖昧不清。

不管岑毓多早熟，也只是智能方面的早熟，在情感上，他還是個幼兒；而身有四分之一妖怪血統的班長，卻還是那副淡然的模樣，對許多事物都抱持平靜面對的態度，也並不更前一步。

他們就保持這種「友達以上，戀情未滿」的狀態，頗有默契的一起上學、一起放學、一起玩魔獸。月考前夕，班長會泰然自若的來他們家幫岑毓「補習」。

一開始，流言甚多。畏懼岑毓的「特殊身分」，教務主任只把班長叫來訓斥一番。但是班長總是那樣平靜的模樣，反而讓師長同學摸不著頭緒。日子久了，反而大家都看慣了，也就漸漸平息下來。

連岑毓都開始認為，班長只是把他當作好朋友而已。不好嗎？其實這樣很不錯的。

「真希望我們不要長大。」他們裝了TS，可以一面玩魔獸一面聊天，「如果妳有男朋友，那我們一定會疏遠。我想……我會很寂寞。」

班長靜了一會兒，平穩的說，「我不交男朋友的。」

岑毓覺得有點放心，卻也有點傷心。

「我有你麼，要男朋友做什麼？」

她這樣平平靜靜一句話，卻像是平地一聲雷，炸得岑毓滿臉通紅。

「我我我、我……我也、也不要什麼女朋友！我有班長就好了！」他結結巴巴、含糊不清的喊了一串，自己也不知道在說什麼。

「小心！你後面！」班長沒回答他，只喊了這句，立刻上了怪物一記痛苦詛咒。

為什麼她這麼沒神經沒表情？岑毓憂鬱的上前把怪拉過來坦住。難道她不知道，她有意無意的一句話，可以讓我失眠一整夜嗎?!

「你做什麼又練了一隻聖騎？」站在他背後看他登入的上邪，好奇的問。

「我、我就喜歡聖騎，怎麼樣?!」他狼狽的回答，趕緊登入他七十聖騎，不讓繼父看他的人物選單。

上邪狐疑的看他一眼，「你不是說人類男聖騎不是中年大叔就是光頭很醜？為什麼練了人類男聖騎？」岑毓本來的角色是個女聖騎，還有小馬尾。

岑毓一整個狼狽，「……我現在喜歡中年大叔了不行嗎?!你管我這麼多!?」

上邪抱著胳臂思考，其實讀心比較快，但是人類都不喜歡被看穿。但除了讀心，他還擁有優秀的推理腦袋。

拐了一個彎，他巧妙的問，「你們班長練牧師？」

「當然不是啊，」岑毓想也沒想，「她練術士。」

「哦，是術士啊……」上邪很滿意自己的聰明。

……啊。

「我、我不是為了她練小聖騎的！」

「原來是為了她啊……」

「你耳朵太大蓋住了嗎?!我就說不是為了方便保護她練的！」

「原來是為了保護她啊……」

「吼，媽，你看他啦！故意套我話！什麼都沒有啊～」

「好好好，」翡翠敷衍著，「乖。上邪，別逗他……我懂的。在可愛的女術士前面，男聖騎比較搭，我懂……」

「不是啦不是啦！你們怎麼都這樣！我我我……我要離家出走！」他又氣又急，差點哭了出來。

天氣漸漸寒冷，學期接近尾聲。

第二天是寒假，這天交代完寒假作業，整個學校呈現一種騷動不安、放假前的狂歡氣氛。

但岑毓的心情有些低沉。春節將近，班長要去外婆家度寒假。外婆家沒有電腦，也就是說，將近一個月的時間，他沒辦法跟班長一起上下學，也沒辦法和她並肩在艾澤拉斯※的世界裡共同冒險。

「這是我的手機號碼。」班長淡淡的交給他一張紙條，「別弄丟了。」

「我的也給你……」他慌張的找紙筆，卻被班長制止了。

「別給我。」她推了推眼鏡，「我不打電話給人的。你若打來，我就會有你的手機號碼。」

「妳、妳可不可以不要這麼面無表情?!」岑毓有點生氣，「我很難過欸！我都看不出來妳的情緒……」

班長安靜了一會兒，「我會很想你。」

岑毓有些氣餒。他想，他這輩子都會被班長打敗。她隨便一句話，就可以讓他臉紅，讓他高興，也讓他非常難過。

沮喪的回到家中，連打開電腦的力氣都沒有。聽說班長一家人要開夜車，避開返鄉人潮，所以，今天晚上不會見到她了。

他躺在床上發呆，朦朧的睡去。

他作了一個夢，一個很逼真的夢。他夢見飛過千山萬水，在一個光禿禿、唯有石筍林立的荒漠中，看到了班長。

她的眼鏡不見了，臉孔有著擦傷和瘀血。雙掌緊緊的摀住眼睛，血從指縫滲出來。

「班長……」他狂呼，在這片荒漠，他行動遲緩，但還是盡全力跑到她面前，「徐堇！」

「好痛……岑毓，我好痛。」她跪倒在地，額頭抵著岑毓的前胸，在他前襟染了一

※魔獸世界的人物起點在艾澤拉斯世界，要到58級才能到外域。這裡指得是無法和班長共同在魔獸的虛擬世界中探險。

點點血跡。

「徐堇！妳怎麼了？讓我看看，讓我看看！」他掰著班長的手指，但她不肯鬆手。

「不要看……很可怕，真的……」

「我不怕，不管妳變成什麼樣子，哪怕是隻大蜈蚣，我也不怕！」岑毓哭了起來，「我只怕妳不告訴我妳哪裡痛！」

班長終於放下雙手。她那雙擁有隱約金光的眼睛不見了，只剩下兩個深深的血洞。因為沒有眼睛，所以她無法流淚，只能流血。

「妳的眼睛！妳漂亮的眼睛！」岑毓大叫，「是誰幹的？我去幫妳把眼睛要回來！」

向來泰然自若的班長，依著他的胸前，發出微弱的嗚咽。「……你要先找到『他』的名字……」她漸漸變得透明、模糊，「岑毓，來找我……」

「徐堇！」他坐起大叫，全身幾乎讓冷汗浸漬透。他在自己房間，沒有荒漠，當然也沒有班長。

只是夢，一個惡夢而已。他擦了擦額頭的汗，可能是太擔心才會作這種惡夢吧……他下了床，有些腳步不穩的去浴室洗臉……

望著鏡子，他如墜冰窖。

他的前襟，染了幾滴像是桃花般的血漬，那樣的怵目驚心。

巧合，一定是巧合吧……？面色如土的衝進房間拿起手機，一次又一次，一次又一次。

但是班長都沒接手機。

他不肯放棄，撥了半個鐘頭後，終於接通了。「幸好手機響！」手機那頭的男人氣急敗壞，「明明知道車子翻落懸崖了，卻怎麼也找不到！聽著手機的聲音才找到人……你是他們的親屬嗎？徐世明你認識嗎？」

岑毓感到強烈的窒息，完全呼吸不到空氣。「……我是徐堇的同學。」一滴冰冷的淚滑下臉頰，「她、他們，都還活著嗎？」

「搶救中！」男人大吼，「他們將送到T醫院，能夠的話，請幫忙聯繫家屬！」

他茫然的站了一會兒，強烈失重的感覺讓他有些想吐。他抓起錢包和手機，匆忙的跑出去攔計程車。

最初的慌亂過去，岑毓鎮靜得讓大人也害怕。

他接過班長的手機，一通通的試撥，聯繫上班長的舅舅，在他們趕來之前，幫不幸車禍的一家人辦住院手續，不懂就問服務台。

他甚至冷靜的打電話給上邪，「……我存款不夠，能不能先借我一些？我要繳住院保證金。」

上邪默默聽完，「我馬上來。」一句話也沒有多問。

岑毓鬆了口氣，湧起了深深的感激。說不定他比任何人幸運。雖然他沒有傳統而正常的幸福家庭，他的繼父甚至是隻妖怪。但這隻妖怪卻願意無條件支持他。

他摸了摸頰上淡得幾乎看不見的傷疤。遇到了什麼凶險，這隻妖怪都會奮不顧身的為他擋上一擋。

緊緊的握住膝上的拳頭，不讓自己掉下眼淚。

情況不是太糟，最少他們三個人都沒受什麼致命傷，雖然昏迷不醒，但情況還算樂觀。但、但是……班長的眼睛，她美麗的眼睛……

她的眼珠子並沒有被挖出來，好好的在眼眶裡。但她昏昏沉沉的醒過來，第一句話是，「怎麼不開燈？好暗……」

她那雙美麗的、有著隱隱金光的美麗眼睛，什麼也看不到。醫生沉重的宣布，她失去了視力。原因不明，還在檢查中。

說不定我知道為什麼。岑毓更用力的握住拳頭，直到指節發白。她的眼睛被奪走了，她的光明、她眼底的金光……被一個險惡的，不知道是什麼東西的傢伙奪走了。

上邪馬上趕來，變化成人身的他有種絕魅的魔性美，讓所有人轉不開視線。岑毓倒是見得慣了，只是沉重的點點頭，含糊的說了謝謝。

「這沒什麼。」上邪心不在焉的繳了保證金，「為什麼有惡咒的味道？」

岑毓心底動了動。他盡量清楚平靜的描述來龍去脈，狠狠地嚥下哽咽。

「……我沒見過這種手法。」上邪顯得有些急躁，「不過我被關了一千多年，在那之前我滯留在西方……先帶我去看看她。」

岑毓沒有說話，信賴的點點頭，他領著上邪走入班長的病房。她昏昏的睡著，眉間帶著淡淡的黑氣。

「……真臭。」上邪發出作嘔的表情，「我真不想把手放上去……」抱怨歸抱怨，上邪還是把手放在班長額上，像是在翻找著什麼。班長的呼吸漸漸深沉緩慢，慢得幾乎停下來。

她依舊熟睡，卻有陌生的聲音從她雙唇間發出。「一千雙眼睛……一千雙不同的眼睛。給我一千雙眼睛，讓我彌補一切的裂痕。一千雙注視的眼睛，注視著毀滅的眼睛……我需要一千雙美麗的眼睛……」

曲調單調甜美，卻令人毛骨悚然。

班長突然劇烈的反弓起身體，心跳和呼吸遽然停止，維生器發出緊迫的嗶嗶聲。

「媽的！」上邪咒罵一聲，粗魯的拉開班長的前襟，猛然的重擊她的心臟部位，「跳啊！快給我跳！這種下三濫的手法要在我眼前殺人？老子吃人的時候你不知道還在那兒呢，在我眼底殺人？給我跳！」

他發出電光，讓絕了氣息的班長整個人跳起來，心臟激烈得像是自強號。旁邊的維生器很乾脆的爆炸了。

「……你真的是要救她嗎？」嚇壞的岑毓目瞪口呆。

「安啦，阿慧的孫女欸，電不死的。」上邪滿不在乎。

不過被驚嚇的醫護人員很堅決的將他們「請」出醫院。

岑毓氣得連話都說不出來，只能乾瞪眼。「……現在怎麼辦？班長她……」

「她沒事啦。」上邪抱著雙臂沉思，「要拿的東西已經拿走了。她天賦不錯，果然是阿慧的嫡親孫女……施咒的傢伙沒辦法清洗她的記憶，只能加一層防護……」他聳聳肩，「但被我破了。」

……你就不能用溫和一點的手法嗎?!

「一千雙眼睛？」上邪喃喃自語，「嘖，才一、兩千年不在東方轄區，怎麼出了這麼多不成材的瘋子？走吧。」

「去哪？班長還很危險……」岑毓想甩開上邪的手，無奈像是被鐵圈錮住，動彈不得。

「追查真相啊。除非那個瘋子瘋到大腦崩潰，沒有膽子再來醫院找麻煩。如果那傢伙真要一千雙眼睛，你們班長不會是唯一的一個。華生大夫，我們該出去走走了。」

「你以為你是福爾摩斯？」岑毓有些發昏。

「你要叫我柯南道爾也可以。」上邪把不知道怎麼變出來的菸斗放進嘴裡，拉了拉鴨舌帽。「你到底要不要把你們班長的眼睛找回來？」

岑毓張著嘴看著妖怪繼父，臉孔一陣陣的發燒。他要勸老媽燒掉家裡所有的動畫。

「……我要。」

上邪很帥的準備起飛，卻發現行人瞠目看著他很帥的起飛姿勢。他只好尷尬的保持舉向天空的手，掩飾的朝著遠方揮了揮。

「……你跟誰打招呼？」岑毓實在覺得妖怪繼父很不可靠。

「閉嘴。」上邪對他揮了揮拳頭，「我只是一時忘記，不行啊？變成人類有夠麻煩的……」他招了計程車，粗魯的將岑毓塞進去。

「民生東路三段！」

呀？這麼快就知道問題出在哪？果然是活了三千六百歲、身世顯赫的大妖魔啊～

但岑毓的崇拜很快就粉碎了。因為這位理論上神通廣大的妖魔，居然衝進一家出版社，長驅直入到總編輯室。

那位面容白皙的總編輯一傢伙鑽進桌子底下發抖啜泣，上回那位分不出是妖是人的女編輯張著嘴看他們。

「……上邪大人，你、你……」女編輯驚慌失措，「我沒拖欠翡翠的稿費！只是會計部門行政疏失……」

「原來如此。」上邪點點頭，「難怪最近翡翠不買書了，原來她身上沒錢……雖然不是重點，不過妳最好當最急件處理。小管，抖什麼抖？管寧本事那麼大，怎麼生了妳這個不上檯面的小鬼頭？我問妳，上回那個很有膽量的蜘蛛精，妳有沒有她的電話？」

管九娘睜大了妖媚的狐眼，遲疑著。朱茵冒了大險，半誆半騙的找了雷恩來解決，又觸犯了上邪，她哪還會留在都城？馬上借個「出國考察」的因由逃得遠遠的。對這個幾乎是冒生命危險幫她解決問題的好友，說什麼也不該出賣。

「她出國了。」九娘謹慎的回答。

「廢話，我當然知道。」上邪不耐煩，「不然我會來找妳？妳有她的連絡方式吧？」看九娘支支吾吾，他轉頭細想，明白了。「我和翡翠能成姻緣，這小蜘蛛精當居首功。妳知道我的個性，不耐煩那些虛偽。她是我大媒，我定罩她到底。雷恩對她有話說，儘管來找我說，就這樣。」

九娘倒是吃了一驚。上邪君向來乖戾，但說一不二。他肯出頭想罩的人，可以說一隻手就數得完，現在他卻主動要罩朱茵。

「嗯……我是有她的連絡電話。」九娘低頭想了想，「但我得徵求她的同意才行。」

女人！不管什麼種族的女人，都這樣婆婆媽媽拖拖拉拉！

「還不快打！」他吼了起來。

朱茵倒是第一時間趕了來……其實她根本就沒出國，提著行李搭飛機的不過是她的分身。

「上邪君，上回冒犯，茵兒請罪。」朱茵笑吟吟的，氣度雍容，「不知道上邪君找我何事。」

「嘖，終於來了個乾脆點的女人，就是有點酸腐氣。」上邪抱怨著，「這事兒說大不大，說小，卻又有點蹊蹺……兀那蠹蟲，我還沒准你走，你要去哪!?」

差點偷溜出去的總編輯眼淚汪汪，「我、我去幫上邪大人看茶……」

「免！你給我坐下！」

蠹蟲總編輯含著淚，扭扭捏捏的撿了沙發最邊邊的角落坐了下來。岑毓同情的遞上面紙給他，總編輯感激的接過來，擤著鼻涕。

「我說到哪……哦哦，對了，『一千雙眼睛』。」

他將岑毓的夢境和來龍去脈敘說了一遍，還有班長給的「提示」。

朱茵越聽，秀眉皺得越緊。她打開筆記型電腦，敲打了一會兒。「……失去視力，對嗎？那位女孩是什麼血緣呢？」

「她的祖母是佛前淨水侍兒，得道的蜈蚣精。」

「呀，恐是誤傷。」朱茵沉思，「許是血緣太濃厚，被視為純妖？總之，這幾個月來，的確陸續有妖族失明的案件。」

「我怎麼不知道？」九娘驚訝了。

朱茵笑了笑，「嫌犯刻意繞過都城，妳怎麼會知道？封天絕地令一下，仙神歸天，諸魔回地，只剩下幾個都城有通道了。讓神魔管了這麼長久的時間，束縛幾乎都撤了，難免此消彼長，冒出幾個為亂為禍的傢伙……」

她低頭沉思，「剛開始以為是夢魔所為。手法雖類似，但咒的基準是不同的。夢魔靠天賦吸食人氣，但沒聽說夢魔吃視力的。再說，夢魔一族向來鄙夷咒法，但嫌犯的手法卻是非常強烈的惡咒。」

「沒錯，臭得很。」上邪皺緊眉。

「本來以為是個案，我也只讓屬下去密切注意而已。但數量卻越來越多，連我的屬下都遭了殃，最後不得不停止。」朱茵從虛空中抓出一團被絲線細裹的黑暗，「只得到這個微薄的線索，但我想不通。」

上邪接過來看，滿臉嫌惡。但他表情越來越詫異，眼神越來越迷惑。「……這是？」

「在夢境中，我的屬下奮勇從嫌犯身上扯下來的衣袖。他還是失去了視力……但卻將這個帶回來。」

「……這分明是個人類的夢啊！」

上邪翻來覆去看了一會兒，「……太奇怪了，這只是個人類的惡夢啊……找個夢魔來問問不就明白了？」

「扯下這個的人，就是一隻夢魔，還是隻能力很不錯的夢魔。」朱茵皺緊眉，「她獲救的時候半瘋狂了，只是緊緊的握著這個不放。到現在，她還在休養……軀體幾乎支離破碎。她甚至不知道是誰的夢境，這對夢魔來說是很大的恥辱。」

連夢魔都無法追蹤的夢境。一個人類的惡夢。

「不過是個人類。」上邪迷惘的搔搔頭。

「欸……你們知道，所有陰暗面的咒都是眾生跟人類學的嗎？」聽到入迷的蠹蟲總編輯忘記害怕，脫口而出。

所有人的眼光都投向他，他卻津津有味的回憶著看過（或吃過）的古書，「惡咒的本質是憎恨。而人類的憎恨更是強烈無比……欸，你們瞧不起人類喔？我要說，我在人間盡量避免殺人，不是因為什麼誡律，而是因為人類的能力非常強大，雖然人類本身是非常脆弱的容器……不過也因為這樣才有平衡存在。若把這容器毀了，運氣不好，就會惹到一個失去控制、凶暴的人魂或幽靈……那才真的吃不消。」

在場的眾生不禁一驚，他們倒沒從這個角度去思考過。裝在脆弱容器裡，強大到無與倫比的執念和憎恨。

只有岑毓聽得糊裡糊塗，像是聽天書一樣。不過他聽懂了，繼父手上那團發著黑光的線團是關鍵。

他從發愣的上邪手中拿走那團線，端詳著。就像他看穿班長的身分一般，他腦海裡湧現這個線團的主人，和他蒼白陰鬱的臉龐。

讓他吃驚的是，那張蒼白的臉像是察覺了他的視線，轉過頭來，和他四目相對。

「吳瑜越！」岑毓脫口而出，一股極大的力量將他吸進那個線團。

然而，旁人看到的是，他喊出了名字，就軟癱下來。若不是上邪機警的抱住他，他應該會撞到桌角頭破血流。

他很沉。上邪凜然起來。那是一種死亡的沉重，雖然睡眠從來都很接近死亡。「這笨蛋小子！」他吼了起來，卻憤怒的束手無策。

「這是誰的孩子？」朱茵也被嚇到。

「我的繼子！天哪～」上邪猛搖著岑毓，「快回來！我對人類的夢境很不熟啊！」

「他會『劾名』？」九娘也慌了。這是人類專屬的特有天賦，非常稀有。

上邪猛然驚醒。對呀，這渾小子會劾名。雖然他對人類夢境很不熟悉，但有了名字，就等於有了夢境的鑰匙。

「守著我們的身體。」上邪暴躁起來，「若是三個小時內沒有回來，送這死小鬼去醫院，隨便找個地方把我的身體封起來！若是我魂返發現你們燒了我們的身體，我看誰能逃得過！」

他怒吼，「吳瑜越！」然後也沉重的倒了下來。

在場的三個人（？）呆在當場，朱茵最快恢復鎮靜。她喚出絲線，立刻開始封印這個辦公室。

蠹蟲畏懼蜘蛛是天性，總編輯縮在沙發上，連腳都不敢放下，哭叫著，「封印不用您動手！您這樣我怎麼敢走動～九娘，九娘！快想想辦法啊～」

我能有什麼辦法？九娘無力的望著倒成一堆的繼父子。「狐影，怎麼辦？」她哭泣的打電話給摯友，「禍事了禍事了～」

*　　*　　*

岑毓撲倒在沙地上。全身上下，無一不疼。

頭重腳輕的爬起來，他本能的知道，他應該入侵了「吳瑜越」的夢境。抬頭以為會看到石筍林立的荒漠，意外卻看到摩天大樓。

這……這應該是一〇一吧？他迷惘的看著，卻覺得有些不對勁。街上有車輛，卻是荒廢、殘破，不是撞得半毀，就是玻璃粉碎，布滿灰塵。

夕陽餘暉微弱的照著玻璃帷幕，刺眼的金光。

這個夢境還真荒涼。他心底咕噥著。他會在哪？這個夢境的主人？班長的眼睛……是不是在他那裡？

但是這個夢境非常巨大，他走了很久很久，還沒走出這個顯然荒棄的都市，當然也沒遇到人。

「吳瑜越！」他大喊，「你要一千雙眼睛做什麼？」

「拿來堵住破洞啊。」冷不防傳來這個聲音，讓他嚇得跳起來。

蒼白、俊秀的吳瑜越站在他身後，噙著冷冰冰的笑。「你看不到嗎？破洞越來越大、越來越大。」他指著天空，「他們，他們都不管。卻沒有人看到洞。如果誰都不管，那我非管不可。總要有人管吧……」

「你怎麼會知道『裂痕』？」上邪無聲無息的出現在岑毓背後，讓岑毓又跳了一次，「你不過是個人類。人類應該看不到……」

吳瑜越轉頭看著，上邪倒抽了一口冷氣，臉色陰霾下來。那個蒼白少年的額頭，倒豎著一隻睜開的眼睛。

不知道遠古的哪一代，他的祖先是皇室天人之一，而在他身上，完完整整的顯現出來。天界尚統治人間時，會特別封印這類人類後裔。但現在，天人遠遁，封印也就淡了。

失去神魔壓抑的人間，這類異能者會越來越多。

「他媽的腦殘天人，淨留些尾巴讓老子擦屁股！」上邪咆哮著，「聽好！我可以幫你封印眼睛，讓你過正常人的生活！但我勸你趕緊停止那種愚蠢的行為……」

「為什麼要？」吳瑜越隱遁在黑暗中，「我是神，我就是現世的神。在我的世界，你們就要遵守我的規則……」

「你這白痴！」上邪忍不住罵出來。

「……褻瀆神的罪是很重的。」冷笑聲漸漸遠去，消失。

「你幹嘛嚇我一跳？」驚魂甫定的岑毓罵了出來。

「我沒罵你這渾小子就很好了，你還抱怨!?」上邪巴了他的腦袋，「你到底知不知道死活？夢魔是人類夢境的專家，都要支離破碎才能逃脫，你以為你是誰？你不過是個死足男！」

「……什麼是足男？」岑毓糊塗了。

「footman！雜魚小兵！就是那種等級一，讓人殺好玩的小兵小兵小小兵！懂不懂？你懂不懂啊?!」

岑毓不服氣的想回嘴，卻愣了一下。上邪沒恢復真身，而是以人類的模樣出現在這個夢境。

「這裡沒有其他人看。」岑毓不知道為什麼有種頭皮發麻的危機感。

「……我不能。在別人的夢境中，必須遵守『規則』。在這裡，我只能維持人形。」上邪全身緊繃起來，「喂，你玩過『惡靈古堡』沒有？」

「……在資訊展看過。」外婆哪肯給他買PS2？身為一個時間珍稀的學生，他有時間摸網路遊戲就謝天謝地了，哪有美國時間涉獵其他？

「很好，我只玩過兩次。」他抓著岑毓，「跑！」

他莫名其妙的跟著跑，回頭一看……不知道從哪兒湧出大量、腐皮爛腦的殭屍。

「……天哪！」

「惡靈古堡是Capcom的遊戲鉅作，橫跨多種平台。」上邪帶著岑毓狂奔進附近的民房中，一面踹開諸多行動緩慢的殭屍，「如果沒意外，我們在廚房和置物室可以找到武器……哈！果然有。」

他回身一槍，打爆了逼近的殭屍腦袋。這比看電玩展噁心多了，岑毓勉強壓抑想吐的衝動，接過上邪丟過來的槍。

「嗯……雷不能喚、火不能發……很好，我廢了大半個。」上邪熟練的打著殭屍，還靈活的掩護不太會拉保險的岑毓，「吳瑜越把惡靈古堡玩得很熟嘛……而且應該當過兵。」

「……你怎麼知道？」岑毓漸漸熟練，打爆了攔路的殭屍。

「這島國禁止槍械。沒當過兵知道什麼是拉保險？」上邪漫不經心的回答，「他的夢境不能超過他的經驗和體會……你起碼浪費了一半的彈藥。準一點好不好？沒打過靶？」

「……我才高二！」岑毓吼了起來，「你真的只打過兩次惡靈古堡？」

「是啊，」上邪熟練的打活靶，「就魔獸改版停機好久，我很無聊的破關兩次。」

……你真的是擁有大能的妖魔嗎？為什麼聽起來完全像個死宅男？

「你感覺得到吳瑜越在哪？你擁有劾名的能力，喚名就可以扣住那個人。」上邪打完了手底擁有的子彈，開始揮起小刀肉搏，「你喊看看。」

雖然不抱著希望，但岑毓還是喊起來，「吳瑜越！」

就像是某種無言的聯繫，他猛然將頭朝向西方。他看到了紅磚，和熟悉的建築，還有那個自命為神的狂人。

「他在總統府。」

「很好。」上邪將兩隻殭尸腦袋互撞出腦漿，「我確信他還是個電玩痴。瞧他把惡靈古堡玩成了內化的夢境就知道了。」

他們幾乎跑過了半個虛幻的都城，一路勉強翻找著應該有的武器。沒有火力的時候，上邪用體技補足。但這是別人的夢境，向來無所不能的上邪也漸感不支。

他瞥瞥上氣不接下氣的岑毓，咬牙撐下去。夢境這種世界，所有現實的能力都派不上用場，只有想像力和生命力可供使用。糟糕的是，夢境的主人就是這世界的上帝。跟這上帝鬥，哪怕是上邪也無能為力。

在這裡，夢魘比我有用。上邪有些氣悶。但是連能力卓越的夢魘都支離破碎才能逃離。

等殺到凱達格蘭大道，原本以為會有殭尸大軍歡迎他們。意外的卻空無一人。他們吃了幾根藥草（從盆栽拔出來的），稍微休息一下。雖然心底充滿了困惑。上邪嘗試了一會兒，發現他諸多妖力都無用，但傳送可能還可一試。

「聽我說，」上邪凝重的交代，「萬一情況真的很糟糕，我會想辦法讓你脫離戰鬥，施法讓你離開這個惡夢。」

「……要不要幫你開專注光環※？不然施法可能中斷。」岑毓沒好氣，「如果真的這麼凶險，我們先離開不就好了？去逮他現實中的人不是比較快嗎？」

「我也希望可以開光環……笨蛋，我不是要跟你說這個！能逃我早逃了，還等到現在？我在這裡跟你能力一樣！渾小子！就算是傳送，我也不知道會把你傳哪去，更何況，我大約只能傳送別人，自己是沒辦法的。」

岑毓愣愣的看著滿臉不在乎的上邪，「……你早就知道？你早就知道還跳進來……」

上邪臉孔抽搐了一下，「……就、就……吼！我也不知道為什麼，別問了！」

「我不要你救！」

「我也不想救好不好？等我意識到了，我已經跳進來了啊，笨蛋！」

他們激烈的吵了起來，直到森冷的死亡氣息侵襲，才一起閉了嘴。一個全身縫著手術線，三隻手都拿著武器，像是科學怪人的高大胖巨人，氣勢驚人的從大門走出來，

「要吃飯！我餓了！」

上邪怒吼一聲，將子彈射入巨人的身體裡，那巨人卻只倒退一步，然後衝過來撞飛了上邪，接著舉起沾滿血跡的斧頭，劈向岑毓……

「你在看哪裡？科學怪人！」上邪的槍托重重的劈在巨人頭上，讓他流下烏黑的血。

巨人咆哮著，轉身在上邪身上瘋狂亂砍，「快走！」上邪喃喃的開始念著傳送咒文，忍住傷到魂魄的劇痛。

上邪……上邪！「別傳我走！」岑毓大叫，他拚命打著巨人，卻一點傷痕也沒有。就在上邪的咒文即將完成之前，巨人打昏了他。

在這時候，岑毓卻有種奇怪的熟悉感。看著瀕死的上邪，他本能的舉起手，「聖光閃現※！」

……白痴。他罵著自己。這是惡靈古堡啊！他喊魔獸的技能有屁用！

但奇蹟卻發生了。原本失血即將暈厥的上邪睜開眼睛。

「保護祝福！」「聖光術！」「聖光閃現！」這些魔獸的技能，居然在夢境生效，

※RPG裡面，大部分的法術都是需要施法時間，一般叫做「唱法」。要準備材料、吟唱咒語、手勢身段之類，而「唱法」是可以被干擾的，使唱法時間延長，甚至中斷。許多GAME都依循這個規則，魔獸也不例外。聖騎士的「專注光環」（技能），則是減少唱法干擾的機率。

※聖光閃現、聖光術皆為魔獸世界聖騎士的補血技能，保護祝福則可暫時保護目標不受物理傷害。接下來的懺悔、制裁之錘、驅邪術、聖光聖印、審判、奉獻，也都是聖騎士的技能。

岑毓整個傻眼。

這……這不是用明朝的劍，斬清朝的官嗎?!

「哈哈……哈哈哈！」上邪狂笑，「這笨蛋也玩過魔獸……太讚了。給我懺悔吧！制裁之錘！驅邪術！聖光聖印、審判！」

這隻巨大的巨人轟然的倒下。

他們倆靜默了一會兒，「……等等該不會……出現大量小骷髏兵吧……」

只見凱達格蘭大道的盡頭，真的出現蜂擁的小骷髏兵，然後被他們兩個聖騎的「奉獻」一起燒死了。

「……這是斯坦索姆後門※吧？」上邪沒好氣，「犯規啦！哪有這樣拼拼湊湊的……不過夢境本來就不可能純正啊……」

岑毓張大了嘴，好一會兒才說，「我能不能批評他的夢境很沒創意？」

這對總是意見相歧的繼父子，語重心長的一起點了點頭。

※斯坦索姆後門乃是魔獸世界中等級六十的副本。

第六章　迷途重返

按照設定，應該穿過門口，就可以迎戰「男爵」（boss）。但是他們解決守門的四個盔甲骷髏之後，卻詭異的進入一個無數廊門的迷宮。

無數現代化的辦公室、無數儲藏室、無數的樓梯和交錯的走廊。

讓人不舒服的是，這些建築物的牆壁宛如內臟的顏色，還會一起一伏，宛如在呼吸。

「這是什麼鬼？」岑毓撫了撫胳臂上的雞皮疙瘩。

「我們應該逼近核心了。」上邪一路搜索著軍火，「喚名看看。」

他們站在一條長長的走廊上面，一面是噁心的牆壁，另一面是窗戶，可以看到外面蕭索枯黃的景物。

清了清嗓子，岑毓喊，「吳瑜越！」

他迅速的將那狂人「定」住，但是在同時間，窗戶突然破碎，伸出無數腐爛冒著綠水的手臂，那些手臂將岑毓拖了過去，上邪咒罵的跟著飛撲而去，抓著岑毓，一起被無數手臂拖入深淵。

那些手臂風化、粉碎，而他們的墜落卻沒有停止。墜落這樣快速，但是他們到不了底。

看著上邪嚴肅得接近猙獰的面容，岑毓突然湧出極大的勇氣。不能讓他死，自己也不能死。家裡有個女人，在等他們回家，班長還需要她的眼睛。

「吳瑜越！」他吼了起來，用力的牽扯了和狂人之間無形的牽絆。這讓他們的墜落緩了緩，黑暗粉碎，重組出景物，他們一起栽進冰冷幽暗的湖水中。

岑毓喝了不少水，快要失去意識。就跟一般溺水的人相同，他抓著上邪，幾乎將他一起拖入幽暗的水底。

上邪嗆咳著，扳著岑毓發青的手指，「放鬆！我不會讓你溺水！放鬆！」一面托住岑毓的下巴，水流帶走他的聲音，他不能放手，但怎麼把聲音傳達到岑毓那兒？

在他氣餒的時候，岑毓眨了眨眼睛，鬆開手指。最初的驚慌過去，他盡力放鬆自己，讓上邪將他帶出水面。

這是夢境。這只是夢境而已。岑毓鼓勵著自己，他只是以為自己溺水，並不是真的，這一切都不是真的……

當然他不知道，在現實中的他們，莫名的從口鼻溢出不少水，差點在乾燥的辦公室裡溺死。

「怎麼辦？狐影？怎麼辦？」九娘慌張起來，「怎麼會這樣……」

眾生很少作夢，夢境對他們來說，很陌生。只有少數如夢魔，或掌管夢境的仙神才理解夢境。

狐影皺緊了眉。他雖然成了仙，但夢境不是他的專長。

「……乖乖去烤小餅乾就好了，蹚什麼渾水……」他搔搔頭，煩躁不安的走來走去。那兩個人像是病人，身上不斷出現傷痕，雖然痊癒得很快，卻留下疤痕。

上邪突然呼吸沉重，呼出濃白的氣。依舊保持人身的他，胸口的衣服透出大片血漬。

狐影心頭動了動，拉開上邪的前襟。血很快就不流了，卻浮現出幾個由疤痕構成的字。

「吳瑜越 叫醒他」

對，這是釜底抽薪的好辦法！

他立刻坐下來，打開電腦，連到舒祈那兒。

＊　＊　＊

「你在做什麼?!」岑毓大驚失色，雖然因為失溫和溺水顫抖不已，他還是撲過去想阻止自殘的上邪。

「你懂屁！」上邪也沒好到哪去，沒好氣的將他推開，「這傢伙可以任意改變地圖，我們說不定下一步就掉進硫磺坑或火山口。光靠我們兩個是沒辦法的，當然要外面的去叫他起床啊！沒很痛好不好？婆婆媽媽……」

說是這樣說，他連咬緊牙關也沒辦法完全抑制顫抖。

「我可以喚名阻止他啊！」岑毓大聲起來。

「你斷法那麼慢哪來得及？」上邪也跟著大聲，因為扯動傷口而齜牙咧嘴。「這不能怪你，你擁有這種天賦也沒多少時間，根本就沒磨練過……」

「你明明可以教我。」岑毓低下頭。

上邪靜默了一會兒，「我想，你還是沒有這種能力比較好。你是平凡人類，擁有這種能力又不能升學、也不可能加薪。你若不去用，長大就會漸漸消失。你若真想學，我會教你怎麼保護自己。但你和平凡的幸福就會沒緣分了，你自己要好好想想。」

他低頭看看，傷痕已經不再出血。「發什麼愣？等我們逃出生天才有機會去想以後的事情。」他囉囉唆唆的教訓岑毓，而他的繼子，眼神卻透過他，極度驚愕。

岑毓並不是「看」到什麼。而是一種感應，一種微妙的辨認。就像是一點氣味、一抹背影，他就可以「知道」。

「班、班長。」岑毓張大眼睛，「徐堇！」

一道蜿蜒如銀蛇的閃電像是回應他的呼喚，閃爍的劃過天空。

像是整個夢境都無限縮小，又無限擴大。他看見了蒼白臉孔的吳瑜越，坐在高大的王座之上，顯得非常渺小、驚慌。他看見了徐堇……的眼睛，他也相信，吳瑜越也看到了他。

「吳瑜越！你不准動！」岑毓厲聲。他不知道，他在這種時刻，在他人夢境中，第一次萌芽了「劾虛」的能力，將吳瑜越徹底鎖死捆綁，封殺了他改變夢境的能力。

這時候的他，還不知道。

他只顧著追尋那道閃電的去處，渾然不知這個夢境開始緩慢的崩潰。

岑毓只顧專注的前行，卻沒留意到景物越來越荒涼、道路越來越崎嶇，最後斷裂成深深的縱谷，只有羊腸小道或整或破的在險峻的山勢蜿蜒。

縱谷越來越擴大，而破碎艱險的小道不容兩人側身，上邪只能驚險的走在岑毓後面，不時拉他一把，不然就會滾落極深的深谷內。

越往前走，乾枯的谷底開始炎熱、滾燙，暗紅的熔漿濺起燦爛的火花。非常一致的往他們的前方流去。

極目而望，只見黝黑、沉默如死的天空，有著不會閃爍的星星明亮著。

這段路很長、很長，漫長的宛如絕望的具體化。岑毓緊繃著精神，他將一部分注意力集中在吳瑜越身上，另一部分的注意力，則在班長的眼睛中。

嚴厲的喚名、不厭其煩的束縛住惡夢的主人；並且在這片絕望、乾枯的內心世界裡，感應班長那一點點金光，溫潤平和的眼神。

這，就是他在這片險惡中，唯一可以指引的方向。他們跌跌撞撞，像是兩個盲人。若是稍微疏神，沒有束縛到吳瑜越，就會引發一波殭尸大軍，消耗他們僅存的體力。

好幾次，上邪必須把岑毓抱起來，扛在肩頭，舉步維艱的前行。「……現在覺得有法力條和體力條※可以看真是幸福。」即使又渴又倦，上邪還是笑笑的，「我們的血量還剩多少？你說說看？」

「五百？六百？」岑毓喚名束縛後，虛弱的跟著笑，「現在很想有個法師跟來做可

※法力條為RPG遊戲中施法所需要的「魔力值」，若歸零則無法施法。體力條為角色的「血量表」，若歸零，人物將會死亡。

頌和冰河水※，最少可以坐下來補充體力和法力。」

「來個厚幽紋布繃帶※就好了，我沒那麼奢求。」

這對很宅的繼父子拿著魔獸的設定說笑著，也彼此打氣。他們共同愛著一個女人（雖然愛的形式不同），因此有了外於血緣的牽絆。在這麼困難的時候，讓他們更體會到彼此的重量。

要活著回到家裡，跟那個女人說，「嗨，我們回來了。」

就是這個執念，讓他們熬到盡頭。但眼前的光景使他們倒抽了一口氣。

眼前的道路向下崩塌，崩塌進一個又寬又大的黑洞。那黑洞什麼都沒有，是徹徹底底的虛妄。而虛妄正用堅持而緩慢的速度吞噬了夢境一個角落，像是癌細胞一樣點點滴滴的侵蝕。

而他們以為是星星的東西，則是一雙雙的眼睛。

各式各樣的眼睛，各種顏色的眼睛。他們懸在黑洞之上，注視著深淵。而黑暗深淵，也用絕對的虛妄凝視回來。

在這種凝視中，黑暗深淵的邊緣被鎮靜下來。但還有幾個角落，深淵像是活物般，蠕動而呼吸似的，侵蝕著。

侵蝕熔漿、侵蝕縱谷，侵蝕進整個夢境。

這個時候，他們終於聽到了遠處宛如悶雷的聲響。夢境在崩潰。從非常遙遠的地方崩潰，漸漸逼近過來。

「你們，無路可走了。」疲倦的吳瑜越依舊是蒼白的面容，卻露出一絲絲笑容。他從虛空中浮現，像是一抹幽靈。「我贏了。加上三雙眼睛，應該可以壓抑住深淵了。」

他露出鬼魂似的冷笑，「夠了，真的夠了。因為你們有著非常強悍的眼睛。」

上邪回頭望望絕對虛妄的黑暗深淵，「我和岑毓，只有兩雙眼睛。」

吳瑜越笑得更歡，卻像是在哭。「還有我的。」

上邪露出迷惑不解的神情。這不合理。就算他是天人後裔，也不該有這種能力。

※魔獸世界的法師可以用魔法製造食物和飲料。使用時，人物會坐下來，並且快速恢復體力和法力。魔法可頌和魔法冰河水都是當時法師所能製造的最高級飲料和食物。

※在魔獸世界中還能使用繃帶補充體力，厚幽紋布繃帶是當時最高等級的繃帶。

「你將人間和天界的裂痕搬到自己的夢境中？這不可能。」

「可能的。」吳瑜越自豪起來，「因為我是被選中的，我閱讀過《未來之書》。」

上邪深深的將眉皺起來。

《未來之書》。這本在虛無的時空長流中隱隱約約，說不清是福是禍的神祕書籍。能夠閱讀《未來之書》的眾生非常的稀少，在這本有自己意志的書籍之前，眾生平等，連神族知道的都不會比人類多。

人類當中某些資賦優異的靈媒或預言者能夠閱讀《未來之書》，並且做出非常正確的預言。但這本書是從什麼地方來、有什麼目的，甚至全部的內容到底是什麼，知道的人很少。即使是佛祖豢養的妖魔上邪，也僅聽世尊提過「繼世者」和「裂痕」的部分，但詳情世尊只深嘆一口氣，「一切有為法，如夢幻泡影。」卻不願對他多說什麼。

「《未來之書》讓你奪眾生的眼睛？」他問。

「這是諸多方法中，我能力所能及的。」吳瑜越憂鬱的笑，「你瞧，我是救世主。不管別人笑我是怪胎還是神經病，說我是阿宅醜男也好。我還是有我能夠辦到、足以驕傲的大事業。」

岑毓望著這個被他喚名束縛，卻將他們深誘核心的惡夢主人。他看起來年輕而蒼白，臉頰上還有幾顆青春痘。不知道是他的天賦，還是同為少年的認同，他突然了解了這個惡夢主人的心。

希望被讚揚、愛護，卻永遠得不到這些善意。他遁逃到動漫畫和網路遊戲，尋求另一種滿足。不知道什麼機緣讓他閱讀一本天書而覺醒，還是因為覺醒才閱讀天書……他原本可以逃走，原本可以不管這個深淵、這些崩毀。

「你本來可以不管，而且保有自己的眼睛。」岑毓虛弱的低語。

吳瑜越總是冷笑的面具凝固，一點一滴的龜裂、掉落。露出面具之下惶恐脆弱的面容。

「我玩過很多遊戲欸，你聽過『日不落』嗎？」他勉強彎了彎嘴角。

岑毓和上邪都點點頭。這是個很大的遊戲團體，總是集體跳到某個遊戲創造一些記錄。比方說打下天堂二所有的城池，比方說在信長之野望幾乎統一全國。他們後來一起跳到魔獸世界，也保持著前幾名的首拓紀錄。

稍微用心玩遊戲的人都會注意到他們。他們很囂張、花大量的時間，有時手段不是那麼令人稱許，但他們保持著這種霸氣，讓人不可忽視。

「我就是會長。」他挺了挺胸，驕傲的。「我愛我的每個兄弟姊妹。」他的聲音顫抖、軟弱，卻是那麼倔強，「我不會容許這個世界毀滅。如果神明不管，惡魔不理，那我來好了！一千隻眾生失明卻可以挽救人間，這不是很划算嗎？」

「你這是什麼自私的想法啊！」上邪渾忘了他的過去，怒叫起來。

（其實他沒有發現，他已經越來越像個人類了……）

岑毓望著天空，沒有說話。這麼多眼睛……他卻可以明白的辨識出哪雙是班長的眼睛。眼底濺著金光，冷靜而溫柔的注視。

犧牲她的眼睛，若是可以換來裂痕癒合，世界安穩，他該高興嗎？

「你為什麼要讓自己失明呢？」岑毓沒有轉頭，「你本來可以隨便拿個無辜者的眼睛來代替。」

「……你以為我是禽獸，可以隨便傷害人類嗎？」吳瑜越意外的大怒，「我知道這不對！但我沒有辦法！我並不是只奉獻我的眼睛而已，我願意拿我的命來抵罪！」

上邪驚訝的沉默了，岑毓定定的望著吳瑜越，卻笑了。一種悲傷卻鬆了口氣的笑。

「我本來很怕你是壞人。」他淡淡的說，「但你不是，我很高興。」

「我啊，一直都是個平凡的人。」岑毓望著黑暗扭曲的深淵，「所以當我看得到妖怪的時候，我真的好驚慌。我不懂，為什麼會突然有這種能力，為什麼這種事情要發生在我身上，為什麼我這麼倒楣……」

聽說瀕死的人，往事會像跑馬燈般流逝。但這種時候，他卻只記得老媽在電腦前面呈現海倫凱勒狀態，拚命工作的樣子……還有還有，每天傍晚才吃午餐趕進度，那樣呆呆傻傻的媽媽。

記得陽光飛躍在班長髮絲上的模樣，記得她眼底隱約蕩漾的金光，和偶爾出現的溫柔笑容。

都是一些很小很小的事情。他一直生於和平，長於和平，最大的危險只有馬路上橫衝直撞的車輛。他想得起的美好，都是瑣瑣碎碎，身邊的人，平凡的姿態。

「說不定不是倒楣，而是為了現在。」他笑了，悲傷的、勇敢的笑了。

深吸一口氣，「『無』，我召喚你！」

黑暗深淵沸騰翻湧如怒獸，發出無聲而巨響的嘶吼。

「……你瘋了不成！」上邪又驚又怒，「你這樣一個小鬼，憑什麼跟『無』對抗!?……」

岑毓為難的看了看上邪，背後湧起一雙金色的翅膀。連他的瞳孔都變成赤金，握著流光閃爍的虛無之劍，「命令聖印！審判！」衝入黑暗發怒的虛妄深淵。

「白痴！笨蛋！笨老媽就會有笨兒子！這種遺傳叫我怎麼跟你媽交代?!」上邪背後也湧起金色的翅膀，卻瞬間變化回真身，像是流金燦爛的巨大獅子，伸爪抓住幾乎被深淵吞沒的岑毓，他渾忘了夢境的限制、「無」能吞噬一切的恐怖，張開口噴出媲美天火的雷燄，居然逼退了黑暗。

是岑毓使用了惡夢規則中的無私聖光，還是上邪打破規則的強大妖能，也可能是這一切的總和……讓「無」滲出慘白的血液，哀叫著湧出惡夢。

夜空中的眼睛宛如流星般飛逸。這是上邪和岑毓最後看到的景象。

遠處是靜伏不動的吳瑜越。他的夢境漸漸瓦解、崩塌。上邪深知他們應該逃不出惡夢，只能翻轉身來，覆在昏厥的岑毓身上，希望讓他多活一點時間。

＊　＊　＊

沒想到，他們可以清醒過來。

狐影拉長了臉，結結實實的教訓了這對繼父子一頓。上邪難得的沒有吭聲，等他打起鼾來，狐影才知道他睡著了。

這位俊美的狐仙，氣得張著嘴，好一會兒合不攏，轉過頭去罵岑毓，「……你們真是找死！人類的夢是可以隨便去的嗎？你以為你們是誰啊？若夢主不是個宅宅，你們還想活著出來嗎?!」

岑毓只覺得頭痛欲裂，又被這樣疲勞轟炸，只能縮著脖子，用被子蓋住自己的頭。

他們能回得來，都要感謝舒祈無遠弗屆的網路能力，和夢主幾乎把電腦使成妖化的天眼通。只有一個名字，就要舒祈大海撈針，若不是事態非常緊急，這個在外縣市發生的案件，都城管理者根本不願意插手。

即使是都城管理者，舒祈也並不具備「劾名」的能力。靠著一點運氣、一台半妖化的電腦，他們才能追查到夢主的行蹤，將割腕幾乎流血而死的吳瑜越搶救回來。

他若真的死了，惡夢當然就崩潰結束。而滯留在惡夢中的上邪和岑毓，也在靈魂面上「死亡」，永遠不能回到肉體了。

「你們到底有沒有自覺啊?!」狐影聲嘶力竭的吼，「你們到底知不知道人類的惡夢是怎麼回事啊?!」

「本來沒有那麼危險嘛，」岑毓虛弱的辯解，「怎麼知道他把什麼『裂痕』收在惡夢中……那個黑黑的深淵強得很哩……」

「……裂痕？深淵？」狐影好聽的聲音都走調了，「仔仔細細說清楚！」

岑毓提心弔膽、小心翼翼，儘可能輕描淡寫的說了來龍去脈，狐影的臉色卻像是紅綠燈，乍紅翻綠，煞是精彩。岑毓害怕的看著狐影……不知道狐仙會不會中風？

「……在惡夢中沒半點能力的蠢蛋跑去挑戰『無』?!」狐影尖叫起來，若不是九娘阻止他，他看起來是想跳到熟睡的上邪身上，「我掐死你們了事！省得我還奔波勞累！殺了你們這兩個不知天高地厚的傢伙～」

自從和母親繼父住在一起以後，岑毓第一次覺得妖怪實在可怕。

終曲

距離班長車禍的那個寒假，一年又一個學期過去了。

岑毓常常凝視著班長美麗的眼睛，心底充滿感恩和慶幸。在那個惡夢崩潰的夜晚，班長得回了她的視力。但他心底還是有種淡淡的惶恐和憂慮……

他「劾名」和「劾虛」的能力，不知道是不是過度使用，居然喪失了。連狐影這樣高明的大夫，都說不準是暫時性還是永久性的失去。

這樣，我還能好好的保護班長嗎？

「別擔心啦，」班長像是看穿他的心思，「這跟飛機失事的機率一樣，幾百萬分之一而已。我想不會遭遇到這種事情兩次……一個人的大難也是有配額的。」

哎啊，你看她是多麼可愛，多麼善解人意……

想悄悄吻她細緻的臉龐，冷不防班長蹲下去繫鞋帶，讓他的嘴撞在玻璃窗上，疼得蹲下來，護住腫起來的唇。

「咦？你怎麼了？最近你常撞到嘴欸。怎麼會這樣呢？」班長很大惑不解。

「……沒事。」岑毓勉強忍住英雄淚。

班長看了看他，極力忍住，但還是噗嗤一聲，「……你要這樣掛著兩條香腸嘴去註冊嗎？」

岑毓沮喪了起來。他和班長同學這麼久，每天上學放學，一起打電動。但是班長無表情、超級平靜的模樣，讓他實在摸不透。一年半的時光，他們的關係還是「好得不得了的朋友」。

就算上了同個大學，該不會四年都這樣原地踏步吧？

他忘了嘴唇的痛，深深的嘆息。

「……岑毓。」班長叫住他，「你知道嗎？就算你是香腸嘴，我也是喜歡你的。」

她蜻蜓點水似的，親了親岑毓腫起來的嘴唇，然後踏著平穩的腳步，施施然的走了。

留下宛如電殛，並且石化得非常徹底的岑毓愣在原地。他的嘴唇麻了很久，卻不是因為撞傷的緣故。

那個暑假，那個高中最後的暑假，通往岑毓成為大學生的生活。他考上了北部的大學，成為吳瑜越的學弟。

大難不死的吳瑜越還是很宅、非常宅，但他似乎淡忘了惡夢中的一切，當然也忘記了岑毓。心不甘情不願來參加迎新的他，看到岑毓，卻發呆很久，臉上微有薄怒和模模糊糊的懷念。

他很愛找岑毓的麻煩，但也很護著他。岑毓只能苦笑，自嘲是孽緣。不過，這些又是另一個故事了，一群平凡大學生的故事，人間的滋味，人間的喜怒哀樂，和幽暗深淵沒有任何關係。

或許這樣的生活很平淡，但很幸福。岑毓一直珍視著眼前的一切。大家都說他脾氣好，有涵養，不隨便和人起爭執。只有他知道，因為他見識過「無」，所以特別珍視「有」。

「裂痕」還是在，名為「無」的黑暗深淵，依舊張著大口，等待吞噬一切。因為不知道明日是否依舊可以迎接陽光，所以不該浪費力氣在瞋怒。

而他的繼父，也和他共同見證這些。

當他提著行李，要去住校時，他那呆呆傻傻的老媽紅了眼睛，不斷的吸鼻子。

「又不是不回來。」他的妖怪繼父拉長了臉，卻伸手整了整岑毓的衣領。「這兒是你家，你媽在這裡。」上邪的表情很不自在，「你隨時可以回來。有那些嘮叨小妖敢惹你……」他伸出爪子，惡狠狠的掐著空氣，「報我的名號！」

「……我是上大學，不是混黑社會。」岑毓沒好氣的說。

「大學跟黑社會不一樣嗎？」上邪掏出一堆言情小說，「不是耍刀弄槍，還有轟炸直升機？」

「……我媽寫的言情小說不要看太多，台灣沒那麼多黑社會和總裁。」他打開大門。猶豫了一會兒。「媽，再見……」

我該怎麼稱呼他？這個娶了我媽的妖怪繼父？這一年半，好像很短，又好像很長。

岑毓轉身，望著上邪貓科的臉孔。「老妖怪，再見。」這時候，他卻發現自己喉頭哽著硬塊。

他長大了，要離家了。但沒有人告訴他，長大的滋味這麼苦澀。

上邪端詳著他，眼神柔和下來，「死小鬼，再見了。」他揉亂岑毓的頭髮，「會再見面。」

這裡，真的是我的家。

他轉身，走出家門。紅磚道上，陽光燦耀。

（上邪 全文完）

後記

真的好累。

當然啦，寫到這裡，我是鬆口氣，但對許多讀者來說，可能會敲碗……也可能會有讀者不滿，上邪二像是岑毓的個人秀，上邪出場沒幾次……

其實當初會想寫上邪二，的確是倒楣的兒子來度暑假幾天，我突然觸發的焦躁。我想到翡翠的孩子，突然有點坐立難安。

整個上邪的設定就還有延續到之後，當初我寫完上邪，稿件送出去，我還亢奮的睡不著時，其實就想過後面的大綱，自己還吃吃的笑過。但是當初上邪出版，不要說出版社沒有把握，我自己都懷疑這是什麼類型，所以上邪二的命運和其他設定集相同，就這麼鎖定在大腦的「抽屜」裡，偶爾拿出來重溫和添枝加葉，但沒有認真去弄完整。

等到確定要出版《上邪之我的魔獸老爸》，我就有點發愁了。因為這部是岑毓為主角、順便爆上邪身世之謎的大雜燴補遺，我是該不該寫呢……？

曾經想過，乾脆改變設定，讓上邪和翡翠繼續兩人世界好了，但我發現我辦不到。

好吧，那退讓一步。我們不要寫有關魔獸的部分好了，因為沒玩過的讀者會看不懂。

結果……還是辦不到。

不是我不願，而是我不能。如果大家還記得，妖異奇談抄的「初萌之章」，就曾經有過殷曼請益上邪的橋段。在寫初萌時，我就對上邪玩魔獸的部分做過非常苛細的設定，自己哈哈大笑，但沒有寫進去。

（所以也屬於百萬設定集中的一部分……）

我絞盡腦汁，想跳掉這部分，發現怎麼改都前後矛盾……最後我放棄了。

於是，在多病的梅雨季中，我寫完了這部。看看我開稿到完成，我的確不如以前快手，也不再禁得起趕稿的勞累。

這真的很小品……這也真的不容易看懂。所以我會加上大量的註解。

我想我已經竭盡全力，能夠短暫安息一下了。

說一些寫上邪二的趣事。

當初在設定的時候，就已經在「初萌之章」裡頭埋下了上邪玩魔獸的情節。也就是說，大綱都設定OK，但是請注意，只有「大綱」。

等要開始寫的時候，我有點犯愁。因為我設定好了「大綱」，但上邪玩魔獸的「口吻」，岑毓的「口吻」，因為覺得不可能出版，所以我還沒有「原型」。

驚覺這個事實，我憂愁的瞪著空白的word，發呆好幾天。這是我的壞毛病，我一定會觀察身邊的人事物，然後打碎重組，消化醞釀後，才有辦法動筆。寫麒麟很簡單、明峰很簡單，因為他們都有個固有原型，我順著對他們的了解思考就可以了。

上邪的個性我很了解，但是經過了這段時間的洗鍊，他已經漸漸的接近人類，已經不是那個張口要吃人的妖魔了。

我一向在晚上七點上線玩魔獸，也跟從一個小小的團隊。我們甚至架了TS，七嘴八舌的聊天。這是一整天都鮮少開口的我，唯一和人有溝通的時刻。

就這樣一面推著副本，一面透過TS聊天。而我們那位德萊尼防騎隊長對著TS怒吼，「你第一天來啊？」「少囉唆！」「我的問題？」……

這、這……這種直率而天然呆的怒吼，不就是我想像中上邪的怒吼嗎？

「路克！」我激動的喊了起來，「就是你！就是你！」

空白了幾天的「口吻」問題，瞬間就解決了，若不是當中還病了一場，說不定十天就寫完了。

是的，我很沒義氣的剝了防騎隊長的皮，很沒義氣的將他的口吻寫成了上邪的口吻，更沒義氣的告訴他，他的部分個性被我批發零售的寫進小說裡。

很遺憾TS只能聽到他的聲音，沒辦法看到他張大嘴、目瞪口呆的表情。

當然，也讓我們那小小的一個團隊笑翻過去。

（這就是作家親友的不幸之處……不知道哪天被剝了皮批發零售，什麼糗事全都錄……）

至於有人說，明峰和岑毓很相似，這我只能凝重的說，有個作家母親是件不幸的事，而雙胞胎兄弟本來在個性和口吻上都有點倒楣的相似……

（掩面）

我想，上邪應該就到此為止。我應該不會寫續集，畢竟我最大的希望就是他們平平凡凡的生活，快快樂樂的。

經歷許多事情，看了太多現世的地獄，所以才能深刻的了解到，平凡、不匱乏的生活，才是人生最大的幸福。

財富、權勢、聲名，這些和「幸福」並沒有絕對的關係。只有自由的心，溫暖的呼吸，和親愛的人，才能達到幸福的最低標準。

我對目前離群索居的生活感到滿足，我對終日不語的孤寂感到安適。我喜歡溫柔的陌生人，所以我喜歡朋友頻裡的這群親友，我喜歡我的孩子們。

或許誰也不能永恆陪伴誰，但是每段旅程的夥伴，都留下了可愛的痕跡可供追憶。

所以，我喜歡你、你，還有你。我喜歡懷著善意，注視我這凌亂小說的你，親愛的讀者。

因此，歡迎你到我的部落格：http://blog.pixnet.net/seba

所有的緣分都有其配額。而我謹慎的使用，希望你我的緣分可以因此長久一點。

2007/9/7 蝴蝶

再版序

沒想到當初寫娛樂的《上邪》居然要再版。

當初出版的時候，出版社沒把握，我也沒把握。當時的我，還為了「類型」這個問題相當苦惱，當時寫妖怪的小說還很少，連出版社都還不知道怎麼定位。

（如果讀者知道，最初上邪的書名要叫做《我的毛怪情人》，不知道有何感想……）

但我真的很喜歡這隻毛茸茸又聰明智慧、神氣得不得了的大妖魔，所以當初我不顧一切交出了這篇書稿。

沒想到卻引起很大的共鳴。直到現在，我還是感到很有趣。我不知道讀者從中得到什麼，或看到什麼。明明是個年紀很大的女主角，和現實生活不可能出現的大妖魔。

當然，這也屬於都城，舒祈系列的一個碎片。我是個壞心的作者，將故事系列打散成碎片，讓讀者自行拼圖。但若不想拼湊，還是可以看懂，這是我的自我挑戰。

當然，這讓讀者哀鴻遍野，因為需要補充的作品橫跨許多出版社，找也找死人，不過真的可以來部落格看啦……（心虛）

看我的小說的讀者實在很可憐，我覺得。就算不玩網路遊戲，還是會被我強迫看那些天書般的情節，因為這也是我生活的一部分。

不過，我真的有在反省了，將來會盡量減少這類情節，如果有，也會加上大量註解。就讓我在《上邪》過過癮吧。

謝謝大家對《上邪》的愛護。我這個創作者與有榮焉。

希望我們在下本書還能夠在次重逢。

國家圖書館出版品預行編目資料

上邪〈典藏版〉/ 蝴蝶Seba 著.
-- 二版. -- 新北市 : 雅書堂文化, 2017.02
面 ; 公分. -(蝴蝶館 ; 8)
ISBN 978-986-302-271-8 (平裝)

857.7 104017139

蝴蝶館 08

上邪〈典藏版〉

作　　者／蝴　蝶
發 行 人／詹慶和
總 編 輯／蔡麗玲
執行編輯／蔡毓玲
編　　輯／劉蕙寧・黃璟安・陳姿伶・李佳穎・李宛真
封面素材／斐類設計
封面設計／陳麗娜
執行美編／陳麗娜
美術編輯／周盈汝・韓欣恬

出版者／雅書堂文化事業有限公司
郵政劃撥帳號／18225950
戶名／雅書堂文化事業有限公司
地址／新北市板橋區板新路206號3樓
電子信箱／elegant.books@msa.hinet.net
電話／（02）8952-4078
傳真／（02）8952-4084

2007年11月初版一刷　2017年02月二版一刷　定價280元

總經銷／朝日文化事業有限公司
進退貨地址／新北市中和區橋安街15巷1號7樓
電話／（02）2249-7714
傳真／（02）2249-8715

Seba·蝴蝶

Seba・蝴蝶